VALMORE,

ANECDOTE FRANÇOISE.

F. M. Quéverdo, inv. *L. Le Grand, Sculp.*

VALMORE,

ANECDOTE FRANÇOISE.

Par M. LOAISEL DE TREOGATE,
Gendarme du Roi.

Funera quos manent beati! OVID.

A PARIS,
Chez MOUTARD, Libraire de la Reine, rue du Hurepoix.

M. DCC. LXXVI.

VALMORE, ANECDOTE FRANÇOISE.

QUEL être s'occupe encore de moi? Quelle voix se fait entendre au fond de mon tombeau? On voudroit avoir le tableau fidele de mes malheurs. On me plaint, on pleure sur mon sort (*), & l'on craint de rouvrir des plaies mal fermées. Hommes pitoyables! gardez vos pleurs & votre pitié stérile : mon cœur n'en a pas besoin ; la douleur n'a plus de prise sur mon ame, ou plutôt elle s'est naturalisée avec moi ; elle est devenue une modification de mon être. Je n'attends plus rien

(*) Valmore avoit reçu une lettre anonyme au fond de sa prison. Dans cette lettre, on déploroit beaucoup son sort, & on l'invitoit à publier son Histoire.

de vous que le trifte privilege de végéter en paix dans la fombre apathie où m'a jetté l'infortune : c'eft pourquoi je publie ces Mémoires. Puiffent-ils engager les hommes à ne plus s'occuper d'un fimulacre animé, mort au doux fpectacle de la Nature, mort à la joie & aux larmes, qui ne jouit plus, qui ne fent plus, & qui a ceffé de vivre avant de ceffer d'exifter !

La Bretagne eft ma Patrie. Je me nomme VALMORE. Ma famille eft connue pour une des plus anciennes de la Province. Mon pere étoit un Militaire retiré, qui joignoit à la franchife Bretonne toutes les qualités d'une ame qui jamais ne s'eft écartée de l'honneur. Il vivoit à la campagne, & goûtoit, au fein d'une famille refpectable, le repos de trente années de fatigues paffées au fervice de fon Roi pendant des guerres longues & cruelles ; l'étude approfondie de la Morale & de la Nature rempliffoit prefque tous fes inftans. Il étoit heureux, car il faifoit le bien. Il foulageoit l'indigence autant que pouvoit le lui permettre fa fortune, qui étoit fort médiocre. Ceux qu'il ne pouvoit aider de fa bourfe, il les aidoit de fes confeils. C'eft ainfi que couloient délicieufement fes jours, au fein de la vraie Philofophie.

J'avois une mere qui m'aimoit tendrement. Il y avoit dix années qu'elle me prodiguoit ſes ſoins, quand elle mourut. Je ne m'apperçus que foiblement de cette perte : j'étois trop jeune pour la ſentir. Mon pere ſeul fut atteint de ce coup. Mais il étoit fait aux révolutions, & ſavoit ſe mettre au-deſſus des revers. Il eut plus de peine à triompher de celui-là, mais il en triompha. Il n'avoit point voulu confier mon éducation à ces Maîtres gagiſtes, la plupart ſans mœurs, & preſque tous chargés d'une fatuité rude & pédanteſque, qui rend leurs ſoins ſi infructueux : à l'exemple d'Auguſte, maître du monde, qui fut l'inſtituteur de ſes enfans, il m'éleva lui-même, & m'apprit les élémens des ſciences. Il étoit moins un pere ſévere qu'un ami tendre. Il ſavoit qu'on doit faire paſſer par le cœur le langage de l'eſprit, & la douceur dictoit toutes ſes leçons.

Je paſſe rapidement ſur mes premieres années, pour ne point expoſer des détails rebattus, & peu intéreſſans. Il ſuffit de dire que je vécus ſatisfait & tranquille juſqu'à cet âge où le germe des penchans ſe développe, & met en jeu tous les reſſorts & toutes les facultés de l'ame.

M. de Valmore m'avoit obtenu une Lieutenance, & j'étois à la veille de partir pour le Régiment dans lequel il avoit fervi. Un jour je me promenois à cheval, à quelques lieues de la maifon ; je fongeois aux confeils que m'avoit donné mon pere fur la conduite que je devois tenir dans mon nouvel état, & je me promettois bien de ne jamais m'écarter du plan qu'il m'avoit tracé. Un cri de femme vient m'arracher à mes réflexions. Je pique précipitamment vers le lieu d'où il étoit parti. J'entre dans un chemin battu, j'apperçois une voiture renverfée, fes portieres rompues, un Cocher mort-ivre, étendu à quelques pas de là, & une jeune Dame fans connoiffance. Je m'élance de deffus mon cheval, & m'empreffe de la fecourir. Je la fors de la voiture, & la porte fur le gazon. Mais que devins-je ? Quels mouvemens inconnus m'agiterent, lorfque je l'envifageai ; quand je vis deux beaux yeux mourans à demi-ouverts ; & quand la foulevant dans mes bras, je fentis la plus belle tête s'appuyer doucement fur mon fein. O ma Julie ! je me rappellerai toujours cet inftant ; que tu étois touchante ! Que tu avois de charmes fous le voile de la douleur ! Tu femblois déjà me dire :

» voilà le ſceau de notre union; voilà le cœur » pour lequel je brûlerai toute la vie ». Hélas! c'en étoit fait, ce cœur ne devoit plus être le ſiege du calme. Le moment de ma perte étoit venu; j'allois y courir, & le terme de mon enfance devoit être celui de mon bonheur.

Mes ſoins empreſſés lui rendirent bientôt l'uſage des ſens. Elle n'avoit aucun mal, la frayeur ſeule l'avoit miſe en cet état. Levant alors ſur moi ſes beaux yeux, dont l'évanouiſſement n'avoit point terni les attraits, elle me remercia avec une douceur & des graces plus touchantes encore que ſa beauté. Je ſus qu'elle ſe nommoit Mademoiſelle de Forhele, qu'elle revenoit d'une de ſes maiſons de campagne, & qu'elle alloit rejoindre ſa mere à ſon Château, ſitué dans le voiſinage; que ſon Cocher s'étoit enivré ſur la route, & n'avoit point eu l'adreſſe de prévoir cet accident. Son pere m'étoit connu pour un des plus riches Seigneurs de la Province.

J'ignore ce que je répondis. Je parlai mal ſans doute: mais le trouble de l'amour naiſſant eſt toujours expreſſif. Je lui préſentai mon bras pour la reconduire chez elle. Elle daigna l'accepter. Je la ſoutenois en tremblant, ſans oſer la regarder, & ſans pouvoir prononcer un ſeul mot. L'amour étoit déjà le maître de mon cœur, qui lui rendoit tout bas le plus pur hommage. Le chemin fut court; qu'il me le parut du moins! Je la remis bientôt entre les bras de ſa mere, à qui elle fit part de ſon accident, & du zele avec lequel je l'avois ſecourue. J'allois me retirer, Madame de Forhele m'arrête, & me ſupplie de ne point lui ôter la ſatisfaction de connoître & de remercier plus amplement le généreux inconnu à qui ſa fille avoit de ſi grandes obligations. Cette offre répondoit trop à mes vœux pour héſiter. Je reſtai donc, & nommai ma famille, qui n'étoit point inconnue. Je ne ceſſois de regarder Julie (c'eſt ainſi que ſe nommoit la jeune Perſonne); elle me regardoit auſſi de temps en temps; ſes yeux avoient une expreſſion vive & douce, un mélange ingénu de triſteſſe & de modeſtie, qui acheva ma défaite.

Il fallut me réſoudre à me priver d'une vue qui venoit de m'arracher pour jamais au doux ſommeil de l'indifférence. Madame de Forhele me fit des offres de ſervice, & m'invita à ne point oublier le chemin de ſon Château. Je ſortis enchanté, confondu; je démêlois à peine un état ſi nouveau pour moi; le deſir de plaire venoit m'animer; le fantôme de l'eſpérance s'offroit à moi pour me ſoutenir. L'image d'un bonheur inconnu juſqu'alors, d'un bonheur céleſte, voltigeoit autour de moi ſous les couleurs les plus riantes.

Je revins à la maiſon. Dès ce ſoir même, je parus méconnoiſſable à tous ceux qui me voyoient habituellement; mais je me gardai bien de révéler mon ſecret. Je ne ſongeois plus à partir. Ma tranquillité ordinaire avoit diſparu. J'étois agité, ſouvent rêveur, mais ſans être triſte. Mes yeux brilloient d'un éclat nouveau; tous les objets avoient changé de face autour de moi; le ſentiment délicieux qui rempliſſoit mon ame, y verſoit un charme inexprimable qui ſe répandoit ſur tout ce qui m'environnoit. Le ſilence de la nuit me fit connoître un genre de bonheur dont je n'avois point encore eu d'idée: pour la premiere fois je ſentis le prix de la ſolitude; des paſſions douces s'éleverent dans mon cœur, & l'agiterent d'un trouble voluptueux: le développement de mes ſentimens leur donnoit une nouvelle force, & m'offroit de nouveaux plaisirs.

Le jour se leva. Qu'il me parut pur & serein! L'espérance de voir Julie l'embellissoit, & me donnoit plus de joie que ne m'en eût donné l'espoir d'un trône.

Je monte à cheval, & tourne machinalement vers les lieux qui renfermoient Julie. Mon cheval marchoit d'un trot rapide; déjà j'étois dans les avenues du Château de M. de Forhele, & le soleil à peine commençoit son cours; les chaumieres du Laboureur étoient encore fermées. Je sentis que je ne pouvois me présenter si matin chez Julie, & je revins sur mes pas. J'errai pendant cinq heures entieres dans les campagnes circonvoisines du Château: mon cheval étoit en nage. Je mis pied à terre chez un Paysan, pour le laisser reposer, & je fis un déjeûner frugal, car ma course m'avoit donné de l'appétit. Je questionnai le Paysan, & l'on s'imagine bien quel fut l'objet de mes questions. Je ne songeois plus qu'à Mademoiselle de Forhele; déjà je ne vivois, je ne respirois que pour elle. Il me dit qu'elle étoit renommée dans tout le canton pour sa beauté & pour la douceur de son caractere; qu'elle étoit bienfaisante & adorée de tous ses

Vassaux; qu'elle-même visitoit les hameaux d'alentour; qu'elle ne dédaignoit pas d'entrer dans les réduits les plus misérables de la pauvreté, & qu'elle laissoit par-tout des traces de ses bienfaits.

Avec quelle joie j'appris ces choses! Je ne pus modérer plus long-temps mon impatience. Je fus chez Julie; sa mere me présenta à M. de Forhele, qui me reçut avec de grands témoignages de reconnoissance & de politesse. Je vis celle que je nommois déjà la Maîtresse de mon cœur. Elle avoit l'air abattu. Le véritable amour est timide: mais il aime à se flatter. Je crus appercevoir que ma présence dissipoit les nuages qui couvroient son front. M. de Forhele nous quitta. Julie, devenue moins circonspecte & moins timide, laissa éclater une gaieté aimable, une vivacité touchante. Plus je la considérois, plus j'étois enivré. On proposa un tour de jardin. Nous y fûmes tous les trois. » C'est pour elle, disois-je en moi-même, que » la Nature & l'Art étalent ici leurs plus précieux » trésors; tout dans l'univers est fait pour lui » rendre hommage ».

Nous avançons sous des treillages verds; des fleurs se présentent sous nos pas: Julie solâtre, & se baisse pour les cueillir. Je la préviens, & m'empresse de les lui offrir ; elle les reçoit en rougissant, & laisse tomber sur moi le regard le plus tendre. Ce regard fut un trait rapide qui pénétra mon cœur. Un frémissement délicieux parcourut mes veines, & je fus un instant hors de moi. Notre promenade finit ; mille mouvemens confus m'agitoient. J'eus peur de me trahir ; je me fis violence, & pris congé de Madame de Forhele & de son aimable fille.

Je revins à regret chez mon pere ; sa maison m'étoit devenue insipide ; j'étois au sein de ma famille, & il me sembloit être parmi des étrangers ; ma patrie, mon univers, étoient aux lieux où demeuroit Julie. J'étois dégoûté de tous mes amusemens. J'aimois à être seul ; tout absorbé dans mon nouvel état, je m'isolois pour le goûter, & je tremblois de le perdre.

Sans songer que mes fréquentes visites pouvoient à la fin devenir suspectes à Madame de Forhele, j'y retournai souvent. Un jour je trouvai Julie seule, négligemment assise sur un sopha, son visage appuyé sur sa belle main : elle sembloit plongée dans une douce méditation. Quelle ame eût été à l'épreuve de tant de charmes ! Dès qu'elle m'apperçut, elle prit une posture plus décente. Je l'abordai en tremblant ; son appartement me sembloit un temple dont elle étoit la divinité. » Pardon, lui » dis-je, Mademoiselle ; j'aurois dû, sans in» terrompre votre rêverie, me borner à en» vier le bonheur de celui qui en est l'objet.

Elle me parut affligée. « Vous me paroissez » avoir des chagrins, ajoutai-je. Si cela est, » je dois m'applaudir d'avoir enlevé une si belle » proie à la mélancolie ». — Mes chagrins, » Monsieur, sont fort légers, reprit-elle avec » un sourire doux. Ma mere est absente, & » toute ma tristesse vient de l'ennui d'être seule. » Mes réflexions d'ailleurs sont fort simples, » & personne n'en est l'objet. J'ai passé la nuit » dans des inquiétudes folles & imaginaires : & » lorsque vous êtes entré, j'en cherchois le » dédommagement dans quelques heures de re» pos.

Elle me pria de m'asseoir. Je voulus répondre ; je parlai précisément sans rien dire, ou plutôt je balbutiai. Je brûlois de faire l'aveu de mon amour. Le desir & le respect se combattoient ; le desir cependant l'emporte, un mouvement précipité m'entraîne, je tombe aux pieds de celle que j'adore, & ma langue, une seconde fois, fut enchaînée par l'excès de mes feux.

Julie, par un mouvement aussi prompt, se leve, interdite & confuse, & va pour s'enfuir. » — Quoi! belle Julie, m'écriai-je, vous me » fuyez, quand j'embrasse vos genoux, quand » vous ne doutez plus que je brûle de tous les » feux de l'amour? Punissez un transport témé- » raire; punissez ma désobéissance, j'y consens: » mais sachez, que tout l'univers sache que » je vous consacre des jours dont vous deve- » nez l'arbitre, que vous seule désormais pou- » vez rendre fortunés ou misérables. Le pre- » mier instant où je vous ai vue, a décidé de mon » sort. Vos regards m'ont fait un nouvel être; » votre image s'est gravée en caracteres de feu » dans mon ame; le temps, la mort même ne » les effacera point; il m'est aussi impossible de » ne pas vivre pour vous aimer, que de vivre » si vous rejettez l'hommage du cœur le plus » tendre & le plus soumis: décidez maintenant, » j'attends mon arrêt.

Julie resta un moment dans le silence. Je n'osois la regarder: mais un soupir que j'entendis me parut une réponse assez favorable à une premiere déclaration. — « Vous êtes trop » séduisant, me dit-elle avec une voix dont le » charme pénétra tous mes sens, pour qu'on » ait le courage de vous en vouloir. Je ne re- » garde

» garde point un amour vertueux comme une » foiblesse, & je ne m'offense point de vous » entendre dire que vous m'aimez. Je fais plus; » je vous avoue, sans rougir, que vous m'a- » vez plu. Je me suis apperçue de votre ab- » sence, & je vous ai revu avec joie. Je me » suis interrogée sur l'état de mon cœur, & » j'ai senti qu'un intérêt plus tendre que celui » de la reconnoissance, m'attachoit à vous. » Mais vous deviez respecter ma solitude, & » modérer une vivacité que la circonstance » rend inexcusable. C'étoit à Monsieur de Fo- » rhele que vous deviez faire l'aveu que vous » me faites. Votre famille & la mienne peu- » vent s'allier sans se faire tort; nos âges sont » assortis; si mon pere seconde nos vues, & » si vous êtes digne du nom que vous portez » (j'aime à le présumer), ma main ne sera jamais » qu'à vous.

Puis-je peindre la joie, le trouble, l'enchantement, la multitude d'affections différentes qui s'éleverent en moi dans cet instant? J'aimois, je me livrois au plaisir de le dire: j'apprenois que j'étois aimé. Ces situations sont le comble de la félicité humaine. Je ne sentis que ce bonheur. J'oubliai dans cet instant à quel prix il m'étoit accordé. Je devins plus respectueux que jamais. Mais je reſtai long-temps avec Julie; notre converſation fut délicieuſe; nos cœurs ſe parloient, s'entendoient. Nous fumes heureux de nous aimer, mais nous voulions être unis: cela ſeul pouvoit mettre le comble à nos vœux. Jeunes & ſans expérience, nous ne vîmes aucun obſtacle. C'eſt l'inclination, diſions-nous, qui cimente les nœuds du mariage; puiſque nous nous aimons, nous ſommes deſtinés l'un à l'autre.

Que nous étions ſimples! que nous connoiſſions peu les hommes! Julie avoit ſeize ans, j'en avois dix-huit: cet âge eſt celui de la confiance.

Monſieur de Forhele arriva. Il parut ſurpris de me trouver ſeul avec ſa fille, & me fit un accueil ſévere. C'étoit un homme dur, inflexible, moins enchaîné aux préjugés qu'à une inſatiable avarice; il ne ſongeoit qu'à agrandir ſes domaines; il gardoit ſa fille comme un précieux tréſor; il la mettoit à prix; il la vouloit vendre comme une marchandiſe, & ce n'étoit qu'avec une fortune égale à la ſienne qu'on pouvoit prétendre à ſa main.

Mon amante & moi ignorions ſes projets. Je crus devoir diſſiper ſes ſoupçons, en lui faiſant part de mes vues. « J'eſpere, Monſieur, lui

» dis-je ingénument, que vous ne suspecterez » point l'honnêteté de mon ame. Dès le premier » instant que j'ai vu Mademoiselle votre fille, » j'ai senti pour elle tout ce que l'amour a de » plus vif & de plus pur. Je n'ai pu retenir » un aveu qui depuis long-temps pesoit sur » mon cœur. Il m'est échappé: Julie sait tout. » Je crois même devoir à ma franchise les assu- » rances qu'elle-même m'a faites de sa ten- » dresse.

» Elle vous aime, me dit M. de Forhele, » en me lançant un regard plein de courroux. — « Oui, Monsieur, repris-je, mes soins res- » pectueux, la sincérité de mes feux, ont tou- » ché son ame sensible, & sa bouche n'a pas » rougi de confirmer mon bonheur : il n'y man- » que plus que la voix paternelle; comblez le » en nous unissant.

Jugez quelle fut la réponse de M. de Forhele; il étoit riche, & mon pere étoit pauvre.....

« Votre alliance, Monsieur, m'honoreroit » infiniment, me dit-il avec une fierté insul- » tante; mais je suis étrangement surpris que » ma fille dispose ainsi d'elle-même, & à mon » insçu. Elle ne recevra un mari que de ma » main, & ce n'est point à vous que je la des-

» tine. Je vous ſupplie donc très - inſtamment » de vous épargner la peine de revenir déſor- » mais en un lieu où votre préſence devien- » droit ſuſpecte & déplacée. Et vous, Made- » moiſelle, dit-il à Julie, rentrez dans votre ap- » partement.

L'entrée de ſon Château me fut interdite. Je me retirai, le déſeſpoir dans le cœur. Je ne pouvois m'arracher de ce lieu cher & funeſte. Je regardois en gémiſſant les murs du Château, & ma vue y reſtoit attachée. Il fallut pourtant m'éloigner. Je revins à la maiſon, & vingt fois je ſuccombai dans le chemin, pour arroſer la terre de mes larmes. La ſituation de mon cœur ne put échapper à l'œil clair-voyant d'un pere; il m'en demanda la cauſe, avec l'intérêt le plus tendre. Je me jettai dans ſes bras, & ma voix s'étouffa dans mes pleurs. Je voulois, & je ne pouvois lui ouvrir mon cœur ulcéré. « O mon pere, lui dis-je enfin, quand » je fus le maître de proférer quelques mots, » délivrez-moi de mes maux, délivrez-moi de » moi-même .... Recevez dans votre ſein » les ſoupirs d'un malheureux qui déjà s'en- » nuie de vivre, & qui n'en eſt plus di- » gne, puiſqu'il a manqué de confiance en » vous.

Je lui avouai tout; je lui fis un détail exact de tout ce qui s'étoit passé.

« M. de Valmore prit un ton févere dont il » n'avoit jamais usé envers moi. Vous avez fait » une faute, me dit-il, qui met des bornes à » mes bontés, & je ne puis vous pardonner » votre imprudence; est-ce là le fruit de mes » leçons, & la récompense que vous réserviez aux » soins que j'ai pris de former votre cœur, & » d'y jetter les semences de la vertu? Vous » cédez au premier penchant qui vous entraîne, » sans savoir si ce penchant est bon ou mauvais » à suivre; vous donnez tête baissée dans le pre- » mier écueil qui s'offre à vous, & vous négli- » gez les avis d'un pere qui vous aime. Qu'es- » pérez-vous de votre folie? vous voulez être » uni à l'héritiere du plus riche Seigneur de la » Province; votre naissance vous donne le droit » d'y prétendre, j'y consens; mais il est parmi » les Grands de raisons de bienséance, qui font » regarder comme rien la naissance destituée » de fortune, & vous n'ignorez pas que la vôtre » fait oublier ce qu'ont été vos ancêtres; d'ail- » leurs ce n'est pas à votre âge, qu'on doit » songer à se marier; qu'est-ce qu'un homme » sans état & qui végete dans le néant de l'oisi- » veté? Vous voulez l'alliance d'une femme à

» qui vous devrez tout, & qui ne vous devra
» rien. Vous n'avez pas encore acquis la qua-
» lité d'homme, & vous voulez devenir pere.
» Réponcez-moi, jeune insensé : qui êtes-vous
» pour aspirer à cet avantage ? quels longs tra-
» vaux, quels services rendus à l'humanité,
» vous donnent le droit de chercher dans un
» heureux établissement, la récompense & le
» délassement de vos peines ? Vous n'avez rien
» fait & vous voulez jouir ; vous aimez ; l'amour,
» je le veux, est un sentiment noble, quand la
» décence & la vertu l'épurent ; mais l'amour
» fait des Héros & non des Esclaves : jeune hom-
» me foible & lâche, tu te laisses dominer par
» une passion sans regle ; secoue un joug humi-
» liant. Rends-toi digne de celle que ton cœur
» a choisi, avant de l'obtenir ; marche sur
» les traces de tes braves aïeux, leur premiere
» passion fut celle de la gloire ; comme eux tu
» te dois à la patrie & à tes semblables, & il
» ne t'est pas encore permis d'être à toi ; verse
» la moitié de ton sang pour ton pays, après
» tu seras libre d'employer l'autre moitié à
» donner des citoyens à l'Etat. Rends-toi cé-
» lebre par ton exactitude, par ta conduite
» & par tes exploits ; que ton nom, s'il est pos-
» sible, perce la foule, & vienne jusqu'aux oreil-

» les de celui qui diſtribue les récompenſes. » Alors ſi M. de Forhele te refuſoit ſa fille, » l'autorité du Prince l'accorderoit à tes ſervi- » ces. Tu crains que le pouvoir paternel ne » l'arrache à tes vœux, ou que l'abſence ne » t'efface de ſon cœur. Aucune loi ne peut » contraindre une inclination fondée ſur l'eſti- » me, ni ſurprendre à la vertu un aveu dé- » menti par le cœur. Si elle t'oublie, tu es » conſolé, elle n'eſt plus digne de toi.

» Il ne te reſte donc plus qu'un parti à » prendre, c'eſt de fuir ſur le champ, & d'al- » ler joindre le Régiment où tu es attendu. » O mon cher Valmore! ſoulage mon cœur, » rends-moi ce qui m'eſt plus cher que mes en- » trailles; rends-moi mon fils que j'ai perdu, » rends-toi à toi-même; ne fruſtre pas mes » eſpérances, & n'empoiſonne pas mes vieux » jours ».

Ce diſcours me frappa & m'attendrit; je reſ- tai immobile, & je ſentis vivement la vérité d'un avis ſi ſage; l'horreur de l'inaction, un courage inconnu s'emparerent de moi ſubi- tement; l'aiguillon de la gloire vint modérer ma paſſion, & arrêta l'impétuoſité de ma jeu- neſſe. J'adorois Julie, mais je me ſentois la force de m'en ſéparer. Je ſautai au cou de mon pere & le pressai tendrement dans mes bras. « Je suis prêt à partir, lui dis-je : vous » n'aurez point à rougir d'un fils indigne de » vous, & la fierté de mon cœur ne démentira » jamais la noblesse du vôtre ».

M. de Valmore saisit avec empressement ces heureuses dispositions, & les préparatives de mon voyage furent bientôt faites.

Quand je fus sur le point de m'éloigner, je ne pus me défendre d'un profond sentiment d'amertume : « Julie m'oubliera peut être, disois- » je en moi-même, on la forcera de passer » dans les bras d'un autre ; mais elle est géné- » reuse & sensible, elle me saura bon gré du » sacrifice que je lui fais ; elle me gardera sa » sa foi, & je reviendrai plus digne d'elle ».

Je voulus lui écrire avant de la quitter, je le fis en ces termes :

« Je pars, belle Julie ; je n'exciterai plus le » courroux d'un pere peut-être justement irrité. » Mon absence écarte les soupçons, & vous » épargne des reproches dont l'amertume auroit » pu troubler vos précieux jours. J'aurois » bravé les menaces, les dangers & la mort ; » rien ne m'auroit arraché des lieux où vous » êtes, si de sages conseils n'avoient dessillé » mes yeux. Je suis plus tendre, plus amou-

» reux que je ne le fus jamais ; il faudra que » je ceſſe de vivre pour ceſſer de vous aimer. » Mais la raiſon m'entraîne loin de vous.... il eſt » dur de vous quitter ; mon cœur gémit, mais » il cede à la voix impérieuſe du devoir qui » m'ordonne de ſervir ma patrie, & de mériter » le nom de votre époux avant de l'obtenir. Je » ne crains pas que vous deveniez infidele au » plus ſenſible des hommes. La pureté de mes » vues, la délicateſſe de votre ame, me ſont » les garans de votre conſtance. Cette réfle- » xion me tranquilliſe & me fait ſupporter la » douleur de me ſéparer de vous : cependant, » peignez-vous mes regrets, peignez-vous mes » combats, & l'extrême violence que je me fais » pour obéir à l'honneur ; vous me tiendrez » compte un jour de cet effort ſublime.

» DE VALMORE.

Je n'omis rien pour que ma lettre parvienne à Julie, elle la reçut, & voici quelle fut ſa réponſe :

« J'ai bien verſé des pleurs depuis notre » ſéparation, & j'entrevois que la ſource n'en » ſera pas ſi-tôt tarie. J'ai reçu des ordres » cruels, & je n'ai pu m'y ſoumettre. On a » voulu que je vous oublie, ce ſacrifice a ſur- » paſſé mes forces ; il ne m'a pas été poſſible

» de dissimuler; j'ai répondu que je n'étois » plus la maîtresse de mon cœur; j'ai effuyé » tout ce que le reproche & la menace ont » de plus amer; en vain j'ai opposé les san- » glots & les larmes; à la place d'un pere » tendre je ne vois plus qu'un tyran furieux, » qui m'obsede & s'obstine à vouloir le mal- » heur de sa fille. Ma mere elle-même se ligue » contre moi, & s'endurcit contre mes cris. Je » n'ai personne à qui j'ose confier ma douleur, » vous partez.... je suis loin de blâmer une si » louable résolution, je vous invite même à la » suivre; mais renoncez à la malheureuse Julie; » renoncez à l'espoir de devenir son époux, elle » n'en aura jamais d'autre; elle rend l'Etre » Suprême garant de son serment; mais elle » ne peut être à vous; éteignez un amour qui » feroit la perte de tous les deux. Vous êtes » jeune, dans l'âge du bonheur, n'en détruisez » pas l'heureux germe; il est assez d'autres » sources d'infortune, sans la chercher volon- » tairement dans un amour sans espoir. Un » homme trouve mille moyens de domter la » mauvaise fortune; mais une femme sensible » & malheureuse, ne cesse de l'être que dans » le tombeau, quand des parens barbares l'as-

» ſerviſſent malgré elle à d'odieux préjugés. » Adieu, mon cher Valmore; adieu, le plus » chéri des Amans. Je ne rougis plus de vous » appeller de ce nom; il ſuffit que mon cœur » vous l'ait donné une fois, pour qu'il vous le » donne juſqu'au dernier ſoupir.... Vivez loin » de moi, & tâchez de couler dans la paix, » des jours qui ne peuvent plus s'écouler pour » moi que dans les larmes ».

» JULIE.

J'eus toutes les peines du monde à finir cette lettre, tant les ſangloits me ſuffoquoient! » Julie » m'aime, m'écriai-je, elle eſt malheureuſe, » j'en ſuis la cauſe & je l'abandonnerois à la » tyrannie d'un pere! non, je ne partirai point, » plus de devoir qui tienne contre celui de » défendre la vertu perſécutée. O ma Julie! » ton amant ſera ton appui contre tes barbares » parens; il eſſuiera tes pleurs, je ne vois plus » d'obſtacles, l'amour ſaura les vaincre: tu m'ai- » mes, tu te plais à me le répéter malgré les » rigueurs d'une famille irritée; va, mon ado- » rable Maîtreſſe, tu ſeras à moi, je ſerai ton » époux en dépit d'elle, en dépit du monde » entier ».

Comme j'oubliai les remontrances de mon pere! avec quelle rapidité l'amour reprit tous ſes droits ſur mon ame! Je ne ſongeai plus qu'à voir Julie, qu'à lui parler; qu'à ſuivre aveuglément l'impétuoſité d'une paſſion inſenſée & funeſte.

Mon pere me preſſoit de partir; je feignis d'entrer dans ſes vues, mais j'étois bien loin d'y ſonger; il me donna cent louis qu'il avoit amaſſés avec peine, & qu'il me deſtinoit pour faire ma route, & pour que je débute avec honneur à mon Corps. Il me réitéra ſes conſeils, m'embraſſa tendrement, & nous nous ſéparâmes.

Tant de bonté m'arracha des ſoupirs & des pleurs, que je ne pus retenir quand je fus ſeul. « Aurai-je la barbarie, me diſois-je à » moi-même, de tromper le meilleur des pe» res, & d'abuſer à ce point de ſa tendreſſe? » Puis-je oublier ce que je lui dois, ce que » je me dois à moi-même? Hélas! il s'applau» dit maintenant du fruit de ſes ſoins; il me » croit guéri, & je ſuis plus malade que ja» mais; il me croit au chemin de l'honneur, » & peut-être je marche à l'opprobre & à l'in» famie. O mon pere! je ne ferai point cet » outrage ſanglant à ton cœur paternel; j'irai » où m'appelle mon devoir; je ne veux point

» que la honte d'avoir un fils lâche & méprisable » se mêle dans ton cœur au regret de lui avoir » donné le jour.

Mais quand je ramenois mes yeux sur la lettre de Julie que je ne quittois pas, je rejettois bien loin toutes mes résolutions. — « Suis-» je méprisable pour adorer la femme du monde » la plus accomplie, pour chercher dans sa » possession un bonheur immuable & pur? Eh! » qui m'empêchera de faire, quand je serai » son époux, ce que j'aurois pu faire avant » de l'être? Oh qu'alors au contraire j'aurai » bien plus d'ardeur pour le bien! Un cœur » satisfait se complaît dans sa pratique. Je » n'aurai plus d'autre soin que celui de me » rendre un Citoyen utile à l'Etat. Julie sera » mon modele; d'un signe elle m'enverra au » bout du monde, au combat, à la gloire, à » la mort.

Tout en disant ces mots, je dirigeois ma marche vers le Château de M. de Forhele. J'appris dans les environs qu'il étoit allé passer quelques mois à Rennes avec toute sa famille. Cette nouvelle ranima mes espérances; je pensai qu'il me seroit bien plus facile de voir Julie dans cette Ville, parce qu'on me croiroit loin d'elle, & que par-là on obſerveroit moins ſes démarches.

Au lieu de prendre la route de la garniſon où j'étois attendu, je vole à Rennes. Tout le monde connoiſſoit la demeure de M. de Forhele. J'en fus bientôt inſtruit. Je ſongeai aux moyens de voir ma chere Maîtreſſe. Je roulois mille projets dans ma tête, & je trouvois en tous de grandes difficultés à vaincre; mais je m'attriſtois ſans me rebuter. J'attendois impatiemment la fin du jour : elle arriva. Je m'approchai de chez Julie. J'allois & venois le long de la rue où elle demeuroit ; je paſſois ſans ceſſe devant l'Hôtel, brûlant de la voir, réfléchiſſant & ne réſolvant rien. Pendant que je me perdois dans mes idées confuſes, je vis ſortir la Femme-de-Chambre de mon Amante. C'étoit une fille douce, & pleine d'attachement pour ſa Maîtreſſe : elle ſe nommoit Henriette. Je courus à elle dès que je l'apperçus, & je l'embraſſai de tout mon cœur. Tout ce qui appartenoit à Julie m'étoit cher. Je lui demandai des nouvelles de ſa charmante Maîtreſſe. « Que fait-elle, lui dis-je? dis-lui que je » ſuis à Rennes ; que je ſuis prêt à lui tout » ſacrifier, & que je meurs ſi je ne la vois » pas.

Julie soupoit en Ville avec Madame de Forhele. Henriette m'assura que son pere étoit appaisé; qu'il la traitoit avec plus de douceur, & qu'il espéroit de l'absence & du temps ce qu'il n'avoit pu obtenir par la sévérité. « Elle » vous aime plus que jamais, ajouta-t-elle, » mais elle nourrit un fond de mélancolie qui » me fait trembler pour ses jours.

Henriette prit mon adresse, & promit de me rendre réponse le lendemain. Que ce terme me parut long! Je ne pouvois quitter cette rue, qui étoit pour moi l'avenue d'un temple sacré. La nuit étoit sombre, & je ne pouvois être reconnu des passans. Je voulois voir rentrer Julie. Je m'assis sur une borne, à quelque distance de l'Hôtel, & j'y restai jusqu'à minuit, sans songer ni à me reposer ni à prendre aucun aliment. Toutes les voitures qui passoient excitoient des battemens dans mon cœur; je croyois toujours voir celle qui portoit le dépôt précieux de ma chere Maîtresse. Une s'arrête enfin devant l'Hôtel; j'éprouve une vive émotion; je vois descendre Madame de Forhele: je frémis de trouble & de plaisir. Julie n'est pas loin, disois-je; je la vis descendre en effet. Le flambeau qui les éclairoit me fit distinguer sa taille enchantereſſe, ſes traits toujours raviſſans, mais un peu ternis par la langueur. Que j'enviai le bonheur du Laquais qui lui aidoit à deſcendre! Avec quelle volupté je l'aurois ſerrée ſur mon ſein en ce moment; je crois que je ſerois mort dans ſes bras. « Je l'ai vue », dis-je en moi-même, & je revins à mon auberge, plus content que ſi j'avois obtenu l'empire du monde. Je me livrai paiſiblement au ſommeil; mes ſens étoient liés & ſuſpendus; une joie profonde environnoit mon cœur, & des ſonges agréables voltigerent autour de moi toute la nuit. Henriette vint le lendemain, & me remit ce billet de Julie.

« A quoi vous expoſez-vous, à quoi m'ex-
» poſez-vous moi-même, téméraire Amant?
» Qu'eſt devenue cette ardeur que vous aviez
» pour la gloire? Qu'avez-vous fait de cette
» raiſon qui vous élevoit au-deſſus de vous-
» même, il y a quelques jours? Vous n'êtes
» donc pas parti? Vous n'avez plus de devoir
» à remplir? Votre force s'eſt tournée en foi-
» bleſſe. Qu'eſpérez-vous de votre ſéjour à
» Rennes? Quel fruit en tirerez-vous? Des
» malheurs pour l'un & pour l'autre. Ah! mon
» cher Valmore, que vous voyez mal! & que
» je vous plains! L'amour met ſur vos yeux

un

» un bandeau qui s'épaissit de jour en jour, & » vous conduira dans l'abyme, sans que vous » l'ayez apperçu.

» Je vous verrai, mais j'attache un prix à » cette faveur : j'exige de vous la promesse de » partir dès demain.

Je n'eus que le temps de lui répondre ces deux mots. « Peut-on, belle Julie, acheter » trop cher le bonheur de vous voir ? Vos or- » dres sont pour moi des ordres souverains. » Que je vous voie, que je vous dise encore » une fois que je vous aime, & je vole au bout » du monde pour vous obéir. Le charme que » l'on trouve à vous plaire peut dédommager » d'un siecle de maux.

Il est à Rennes un endroit isolé qu'on nomme le *Mail d'Onge* ; c'est une longue allée d'ormes touffus & antiques, plantée seule au milieu d'une verte prairie traversée par la petite riviere de la *Vilaine*. C'est-là que Julie alloit presque tous les soirs avec Henriette goûter les délices d'une promenade champêtre. Henriette me dit de m'y trouver à la nuit tombante, & que j'y verrois sa Maîtresse.

Je m'y rends deux heures avant. L'espérance m'offre un bonheur trop grand : je crains qu'il m'échappe. Je me promene à grands pas; chaque minute qui s'écoule me paroît un ſiecle : j'aurois, ſans héſiter, acheté un quart d'heure d'une portion de mon ſang. Mes yeux ne ſe détachoient point du ſentier par où devoit venir Julie. Déjà le crépuſcule couvroit les objets de ſon voile obſcur. Je la vis paroître ; je la reconnus de loin à ſa marche languiſſante. Avec quelle ardeur je volai près d'elle ! Mes pieds ne touchoient pas la terre. Je pris ſes belles mains, je les couvris de baiſers. Julie, la tendre Julie, émue, hors d'elle-même, laiſſe aller ſon viſage ſur le mien, que je ſens mouiller des pleurs qui couloient doucement de ſes yeux. La chaleur de ces douces larmes pénétra juſqu'à mon ame; mes bras ſe collerent rapidement autour d'elle, & nous reſtâmes tous les deux comme anéantis.

Voluptueux élancemens de deux cœurs l'un vers l'autre ! étreintes délicieuſes ! charmes inexprimables du ſentiment ! céleſte jouiſſance de l'ame ! Nous goûtâmes tout ce que vous avez de plus vif & de plus touchant. Que nos cœurs étoient purs au milieu de notre ivreſſe ! Nos ſens ne parloient point; nous n'imaginions rien de coupable; nous n'éprouvions que le plaiſir doux & chaſte de nous ſentir dans les bras l'un de l'autre.

Que de choſes nous nous dîmes au ſortir de cette extaſe! Nos cœurs, plus paiſibles, mais toujours pleins d'un ſentiment qui débordoit, aimoient alors à s'épancher. Nous n'avions jamais achevé de dire.

» Pourquoi t'ai-je revu, me diſoit Julie? J'ai » beau me livrer à toute ma tendreſſe, goûter le » plaiſir de te voir, de te ſentir près de moi, je » ne puis me faire illuſion ſur le ſort qui nous » attend. Le voile du preſtige tombe, & l'eſ- » poir s'évanouit. O mon cher Valmore! par- » tez, épargnez-nous des malheurs que votre » plus long ſéjour à Rennes entraîneroit infail- » liblement. Contentez vous de la démarche » que je fais aujourd'hui; elle doit vous prou- » ver combien vous m'êtes cher. Le cœur » l'approuve, mais l'honneur la condamne. Nous » nous ſommes vus; nous avons les aſſurances » réciproques d'un amour qui ne finira point. » Le courroux d'un pere, aucune loi, aucune » puiſſance humaine, ne me feront jamais chan- » ger. Impoſons-nous donc une privation dont » nous jouirons en quelque ſorte par le ſenti- » ment même de ce qui nous en coûte, & du » motif qui nous y porte. Nous nous reverrons » un jour avec l'eſpoir d'être heureux.

Je voulus combattre ſes raiſons, mais elle

fut inébranlable. Je lui proposai d'aller encore trouver son pere, de tomber à ses genoux, de faire parler ma douleur & mes gémissemens. « N'esperes pas l'attendrir par cette » voie, ajouta - t - elle ; c'est un rocher que » rien ne peut émouvoir. Jamais une larme » d'attendrissement n'humecta sa paupiere. Les » soupirs sont une foiblesse à ses yeux ; il » méprise l'homme qui pleure. Encore une » fois, mon cher Valmore, ne tente pas » l'impossible ; rends - toi aux prieres d'une » Amante désolée ; fais ce sacrifice, cruel pour » tous les deux, mais nécessaire à notre repos » mutuel. — Je ferai ce que tu exiges, cruelle » Amante, mais n'attends plus rien de moi après » cet effort suprême.

Je demandai deux jours à Julie pour rester à Rennes ; elle étoit trop sensible, elle m'aimoit trop pour me les refuser. Je la revis dans cet intervalle. Nous goûtâmes ces plaisirs qui naissent des inquiétudes de la tendresse, ces doux transports qui suivent les alarmes de deux cœurs amoureux & fideles. Plus Julie me voyoit, plus l'idée de mon départ lui devenoit affreuse. « Tu veux donc me rendre aussi » foible que toi, me disoit-elle, ô mon doux ami ! » Défions-nous de nos cœurs. L'habitude de

» ſe voir devient impérieuſe ; on ſe flatte, on » ſe familiariſe avec l'idée vague d'un bonheur » qui n'arrive point ; on oublie ſes devoirs & » tout ce qu'il y a de plus ſacré. L'ame ſe fond » & s'écoule, ſon reſſort ſe détend. On s'ac- » coutume à être foible ; inſenſiblement on perd » ſon innocence, bientôt l'eſtime de ſoi. C'eſt » alors que tout eſt perdu.

J'étois à la veille de mon départ ; j'aurois voulu l'éloigner, ce jour ſi funeſte. Je rêvois ſeul dans ma chambre. Mille projets s'offroient à ma penſée, ſans qu'aucun pût fixer mon irréſolution. Je m'arrêtai enfin au plus inſenſé de tous. J'avois un oncle à Falaiſe, Ville de Normandie. Il étoit puiſſamment riche, & m'avoit ſouvent demandé près de lui. Il me vint à l'idée de fuir ſecrétement avec Julie, d'aller trouver mon oncle, eſpérant qu'il protégeroit notre évaſion, & qu'il nous aideroit de ſon opulence & de ſon crédit auprès de M. de Forhele. Avec quelle ardeur j'adoptai ce projet ! J'écrivis à Julie ; je lui en fis un détail vif & circonſtancié. Je la preſſois d'entrer dans mes vues. Je lui peignois l'excellence de cette reſſource, l'infaillibilité du ſuccès & la foule d'avantages qui en réſulteroit. « Pou- » vons-nous trop haſarder, ajoutai-je, pour

» acquérir la certitude si charmante de couler » ensemble le reste de nos jours? Quand nous » serons unis, nous n'aurons plus rien à crain» dre du courroux de ton pere. Mon oncle, » qui est riche & puissant, saura bien vaincre » son inflexible rigueur.

Je n'omis rien; j'employai toutes les ressources de mon esprit, toute la chaleur du sentiment, pour vaincre sa délicatesse, & persuader son cœur. Je me dépêchai d'envoyer cette lettre; j'étois au comble de la joie. Je ne m'attendois gueres à la réponse que je reçus.

» C'en est fait, je prévois vos desseins; je » romps tous les nœuds qui m'attachent à vous. » Oubliez-moi, oubliez jusqu'au souvenir d'une » malheureuse que vous avez trompée, & que » le souvenir de vous avoir connu tourmen» tera désormais sans relâche. J'avois cru que » la probité se trouvoit encore chez certains » hommes; je vous mettois avec plaisir dans » le petit nombre de ceux qui savent plaindre » & respecter un sexe timide, qui ne peut op» poser aux pieges des Amans que la foiblesse » & les larmes. Je vous avois donné ma foi; » j'avois les assurances de la vôtre; je le croyois » du moins: eh! pourquoi ne l'aurois-je pas

» cru? je ne trouvois rien en moi-même qui » pût me faire douter de votre ſincérité. Je » vous chériſſois, j'aimois à vous le dire ſans » ceſſe. Simple & confiante, je me livrois de » plus en plus au penchant qui m'entraînoit » vers le précipice, ſans ſoupçonner que les » dehors d'une tendreſſe auſſi pure pouvoient » cacher la perfidie. Une idée conſolante eſ» ſuyoit mes pleurs, épargnoit à mon ame le » reproche intime qui devoit ſuivre une dé» marche inconſidérée. Je trouvois dans vo» tre honnêteté l'excuſe de ma foibleſſe. Le » voile eſt déchiré, & je découvre toute l'hu» miliation de ma conduite. A la place d'un » Amant qui devoit la juſtifier, je ne vois » plus qu'un ſuborneur infame, qui trame ma » perte & me conſeille le déshonneur. L'op» probre, les larmes ameres du repentir, les » chagrins, la haine d'une famille chargée de » mon infamie, voilà, homme bas & méchant, » voilà le prix que tu réſerves à ma tendreſſe. » Maintenant je te vois ſans fard, tel que tu » es; du ſein de ma retraite, je parcours, je » ſonde tous les replis de ton ame. Qu'elle me » paroît mépriſable! Que tu es petit à mes » yeux! Va ſéduire d'autres femmes. Uſe du » noble talent de corrompre l'innocence ſans

» appui .... Je te plains encore. L'amour » que j'eus pour toi m'arrache des larmes de » pitié....... Adieu pour jamais. Puisse le re- » mords salutaire s'élever dans ton cœur, & te » sauver du châtiment réservé aux lâches & aux » perfides!

Quel coup me porta cette lettre fatale? La foudre tombante ne produit pas un effet si prompt. Un voile de douleur s'appesantit sur mes yeux. J'allois succomber. Je n'eus que le temps de répondre ces deux lignes.

» Celui qui n'est plus digne de Julie, n'est » plus digne de vivre. Vous avez pris pour les » paroles d'un séducteur, l'expression naïve d'un » cœur pur & consumé du desir d'être à vous. » Je n'ai pas la force de m'excuser...... Vous » m'ôtez votre amour: c'est m'ôter tout ce qui » m'attachoit au monde .... J'abhorre le » jour qui m'éclaire..... La vie me devient un » poids horrible. Adieu; je vais chercher dans » le tombeau un remede à mon affreux désespoir.

Dès que j'eus envoyé cette lettre, je tirai mon épée : j'allois me déchirer le sein. Une fievre ardente qui me saisit, me sauve de ma propre fureur. Je tombe immobile sur mon lit, & je reste quelques instans plongé dans l'assoupissement du trépas. Bientôt un délire furieux me tranſporte; je me releve en ſurſaut; je parcours ma chambre en criant, en étendant les bras, & tout mon corps eſt agité d'horribles convulſions; des ſanglots entrecoupés s'échappent douloureuſement du fond de ma poitrine. J'appelle Julie; je lui reproche ſa cruauté; je l'appelle encore. Ma reſpiration s'embarraſſe, & je finis par retomber ſans connoiſſance.

J'étois loin de ſoupçonner tous les mouvemens qui agitoient alors le cœur ſenſible de mon Amante. Elle n'étoit gueres plus tranquille que moi; elle s'étoit fait violence pour m'écrire cette lettre. Elle auroit voulu la retenir; elle connoiſſoit mon caractere emporté; elle en redoutoit les effets. Mais quand elle reçut mon billet, elle ne fut plus la maîtreſſe de ſa douleur; elle n'écouta plus ni l'auſtere réſerve, ni la bienſéance, ni la crainte d'un pere: rien ne l'arrête. (Heureuſement M. & Madame de Forhele étoient abſens). Elle vint elle-même me voir. J'étois toujours dans le même état, ne conſervant que des marques douteuſes de mon exiſtence. La tendre Julie ne put tenir à ce ſpectacle. Elle ſe penche ſur mon lit, & m'inonde de ſes larmes. « O mon cher Valmore! me dit-elle d'une voix entrecoupée

» de pleurs & de soupirs, ne te laisse point » abattre à la douleur. Vois la plus tendre des » Amantes, qui vient elle-même t'offrir ton » pardon, & qui gémit devant toi des chagrins » qu'elle t'a causés. Reviens à la vie; rends-moi » mon Amant, si tu ne veux pas que j'expire » moi-même à ta vue.

Le doux murmure de cette voix, qui m'étoit si connue, frappa mon oreille, & fut droit à mon cœur. J'apperçus Julie éplorée, qui serroit mes mains dans les siennes. Cette vue fut un baume de vie qui s'insinua dans mes veines, & ranima mes forces. Je soulevai mon corps défaillant. « Vous voulez donc, lui dis-je, » ajouter à votre cruauté celle d'être le témoin » de mon trépas »? — « Je veux tout oublier, » ô mon doux Ami! la vie ne m'est pas aussi » chere que ton amour: mais ma gloire m'est » infiniment plus précieuse.

La visite de Julie rétablit bientôt ma santé, qui n'avoit été altérée que par le désordre de mes sens. Je la revis encore; je ne pouvois plus supporter l'idée de partir; elle-même n'osoit m'en parler. Le projet de fuir avec elle troubloit sans cesse mon imagination égarée. Je ne faisois que me repaître du fol espoir que ce moyen finiroit nos tourmens. J'osai le lui proposer encore. Elle m'écouta avec moins de colere, mais rejettant toujours bien loin toutes les raisons que je pouvois lui alléguer. J'insistai, je renouvellai mes instances. Je fis valoir mon respect pour elle, la pureté de mes vues. Julie se défendoit avec moins de chaleur. Peu à peu elle laissoit entrevoir moins de répugnance, & n'opposoit plus qu'une résistance foible. Enfin je triomphai. — « Tu le veux, » malheureux Amant ; eh bien, ton vœu cri- » minel sera rempli. Tu sauras à quel point je » t'aime. Je quitterai à son insçu la maison de » mon pere ; je te suivrai par-tout où tu voudras » me conduire ; dès ce moment je partage ta » honte, & m'engage avec toi dans la carriere » de l'infortune. — Ne crains pas, ma Julie, ne » crains pas de t'abandonner au plus respec- » tueux, au plus tendre des Amans ; il t'arra- » che à la tyrannie, & devient l'appui de ton » innocence. L'Esclave se déshonore-t-il en bri- » sant ses fers ? Est-il honteux de fouler aux » pieds de coupables loix, qui veulent usurper » l'empire de la nature, & assujettir les cœurs ? » Est-il honteux de laisser les routes battues, » & de s'élever, sur les aîles de la Philosophie, » au-dessus d'un vulgaire enchaîné à ses viles » institutions, & qui se récrie sans cesse contre

» ce qu'il n'a pas la force d'entreprendre? Ce » qu'il regardera comme une action ignomi- » nieuſe, le Sage le verra comme un acte » d'héroïſme. Des liens formés par le ſeul in- » térêt, furent-ils jamais légitimes aux yeux » de la raiſon? Toute cette fauſſe politique, » fondée ſur des convenances humaines, tous » ces préjugés barbares, qui déſuniſſent deux » Etres qu'une heureuſe ſympathie attiroit » l'un vers l'autre, furent-ils jamais émanés » des Cieux? Crois-moi, mon adorable Maî- » treſſe, nous rempliſſons le vœu du Ciel, en » ſecouant un joug déſavoué par la Nature, » & que nous ſerions coupables de porter plus » long-temps. Plus ces barrieres qu'on nous » oppoſe, & que l'orgueil & l'avarice ont ren- » dues reſpectables, ſont élevées & ſolides, » plus nous aurons de mérite à les franchir aux » yeux de l'Etre-Suprême.

C'eſt ainſi que les affections déſordonnées corrompent le jugement & la volonté. On s'arrange une morale ſuivant ſes paſſions; on pare du voile de la vertu tout ce qui plaît au cœur; on cherche avec ſubtilité tous les raiſonnemens, qui peuvent étouffer les remords & juſtifier les écarts les plus condamnables. La conſcience altérée ſe tait, & cet amour du beau, ce caractere de l'honnêteté empreint par la nature ou par l'éducation au fond de nos ames, se défigure & s'efface pour jamais.

Voici la véritable époque de toutes mes infortunes. Nous fixons l'heure de notre départ. M. de Forhele avoit un jardin derriere son Hôtel, qui donnoit sur la campagne. Julie doit se trouver à minuit sous une allée de charmilles, aboutissante à une petite porte qui sert d'issue à ce jardin. J'étois au comble de mes vœux. Cependant des pressentimens confus, une impression secrette de douleur rendoient ma joie imparfaite. Il me restoit cinquante louis. Je disposai tout pour notre voyage. J'entends minuit; je cours au rendez-vous. J'arrive à la petite porte, je la trouve fermée. Un mouvement soudain m'anime; je ne balance point; je l'ébranle d'un bras vigoureux; elle se brise sous mes efforts. J'entre, je parcours le jardin. Julie ne s'offre point à ma vue. J'attends long-temps sans la voir paroître. Je m'arrête. Je prête l'oreille, tout étoit calme: aucun souffle ne troubloit le profond silence des ténebres. Une heure sonne; je commence à devenir furieux; dans mon impatience, je cours çà & là. J'entends un soupir. Je vole, & trouve Julie étendue sur la terre, dans un appareil funebre. Son attitude annonçoit une douleur profonde. Ses cheveux épars tomboient en désordre sur son sein; elle étoit noyée dans ses pleurs. Effrayée de sa démarche, poursuivie par le remords, elle avoit succombé dans ce lieu, & n'avoit pu venir jusqu'au rendez-vous. Je l'enleve dans mes bras; je la presse avec feu sur mon cœur, & la transfere dans une chaise de poste que je tenois prête. « Ah! cruel, me disoit-elle, que » vas-tu faire de moi?

Nous partons. La voiture s'enfuit rapidement. Julie ne cessoit de pleurer. « Qu'ai-je » fait, disoit-elle » ? & elle ne pouvoit prononcer que ces mots. Puis elle se rappelloit sa famille. « Que dira mon pere? Que dira la » Province entiere? . . . Je n'ai plus de pa» rens.......... Adieu donc, séjour de l'inno» cence.......... séjour de mes premieres an» nées .... J'en suis excluse pour jamais ...... » pour jamais ». Là, son cœur se serroit davantage; ses larmes se séchoient; elle étouffoit dans ses sanglots. J'étois aussi ému qu'elle; cependant je dissimulois; j'affectois un visage riant. Je tâchois de lui persuader que nous touchions au moment qui devoit sceller notre bonheur. Je n'épargnai rien pour arracher le bandeau funebre qu'elle avoit ſur les yeux, & je parvins un peu à la conſoler. Nous arrivons à Falaiſe. Je vais chez M. de Monjallard mon oncle. J'y vais ſeul ; la timide Julie n'oſoit ni ne devoit point s'offrir à ſes regards. Il me fit un accueil accompagné des plus grandes démonſtrations de joie. Mais quand je vins à lui rapporter toutes les circonſtances de mon aventure, ſa contenance devint froide & ſa voix changea de ton. « Avez-vous pu, » me dit-il, tomber dans cet excès d'égare- » ment? & vous voulez que je vous reçoive » chez moi ; que j'autoriſe votre crime, & que je » participe à votre honte. Fuis, inſenſé, fuis » une famille reſpectable dont tu fais le dés- » honneur. Fuis avec la malheureuſe victime » que tu ſacrifies à ta paſſion, & qui eſt digne » de toi & du ſort qui t'attend, puiſqu'elle a » eu la baſſeſſe de partager ton infamie. Va, » dérobe-toi aux regards du monde entier, à » tes propres regards, ſi ton cœur eſt encore » ſuſceptible d'un reſte d'honnêteté ; ſur-tout » garde-toi de jamais reparoître devant moi, ſi » tu ne veux pas que je te faſſe arrêter comme » un vil ſuborneur.

Voilà donc cet homme généreux, m'écriai-je, qui m'avoit fait de ſi belles offres ! Je pensai succomber à ce coup. Que devenir? ... Comment porter cette fatale nouvelle à mon Amante? Je n'osois plus m'offrir à ses regards. Je marchois en frémissant. Une longue chaîne de malheurs se déployoit à ma vue, & sembloit apprêtée par une main invisible pour m'environner; je la sentois déjà me presser, m'accabler de son poids. J'arrive enfin.

» Eh bien, me dit-elle vivement, quel est » notre sort » ? Je ne lui réponds que par des pleurs. — « C'en est assez, mes pressentimens » sont accomplis : je vois notre affreuse desti- » née. — « Ah! ma chere Julie, j'ai été chez le » cruel Monjallard, il m'a traité durement : » tous les hommes ressemblent à ton pere. — » Malheureux, que me parles-tu de mon » pere, toi qui m'as rendue envers lui la plus » criminelle de toutes les filles? Les pleurs » qu'il m'a causés justifieront-ils jamais l'outrage » que je lui fais aujourd'hui? Tu as égaré ma » raison; je t'ai sacrifié mon repos & ma gloire; » ma jeunesse innocente s'est précipitée pour » toi dans cet abyme d'ignominie dont on ne » revient point. Mets le comble à ton forfait, » acheve ton ouvrage; tu as encore à triompher » de mon reste de vertu.

Je veux la serrer dans mes bras, elle me repousse

repousse avec horreur. Je veux lui parler, elle me ferme la bouche, & me condamne sans m'entendre.

Une sueur froide coula dans mes veines. A peine avois-je la force de parler. Je ne sais ni ce que je dois faire, ni ce que je fais, ni ce que je veux. Toute ma fermeté s'étoit évanouie. Je n'avois plus ce courage, qui, quelques heures auparavant, m'élevoit au-dessus des obstacles, & qui m'auroit fait braver mille morts. Je n'étois plus qu'un mortel lâche & méprisable, qui se voyoit dans un gouffre de maux, sans avoir la force d'en sortir. Je soulevois tristement mes yeux sur Julie, & je pleurois comme un enfant. Elle parut touchée de mon état. Je tombe à ses pieds; je les baise, je les serre; je m'y tiens collé, je les noie dans mes pleurs. « O ma Julie, lui dis je d'une voix » affoiblie, ne refuse pas de m'entendre. C'est » moi, oui, c'est moi qui déchire ton cœur, » qui te plonge dans une mer de calamités. Je » m'abhorre moi-même; je me condamne, & » me reconnois le plus coupable des hommes » à la face des cieux. Mais ne m'accable pas » de ta colere; mon crime ne vient que de » t'avoir trop aimé. Songe à ton cher Valmore; » c'est au milieu de ses sanglots, c'est dans l'étouf-

» sement de sa douleur qu'il implore son par-
» don.

Julie me tend la main, laissant tomber sur moi ses beaux yeux pleins de larmes. « Hélas! » à quoi me serviroit de t'en vouloir? mon » sort n'en seroit pas plus doux, & ce seroit » une amertume de plus pour mon cœur. Je par- » tageai ton crime dès l'instant que je cessai » de t'écouter sans colere, quand tu me pres- » sois de suivre le projet funeste qui nous perd » l'un & l'autre. L'avenir ne m'offre plus qu'une » chaîne de malheurs. Je les ai mérités, il faut » subir ma destinée. Le Ciel est offensé, le » Ciel nous punit. Trop heureux encore que » le châtiment suive de si près l'offense!....Il » en est qui jouissent long-temps de leurs for- » faits, avant d'en recevoir la punition; mais » plus elle est lente, plus elle est épouvantable... » Puisse la nôtre nous ouvrir les yeux! .....

Cependant nous étions sans ressources. Que faire? Où aller? Irons-nous affronter la colere du barbare Forhele. Julie sera malheureuse le reste de ses jours; moi, je serai arrêté comme un infame ravisseur.

Ne sachant que résoudre, nous sortons de l'Auberge où nous étions descendus. Nous passons les remparts de la Ville, marchant tristement l'un à côté de l'autre, ſans nous rien dire, & pouſſant des ſoupirs mutuels.

Nous entrons dans la campagne, & nous prenons des chemins détournés. Julie, accablée de laſſitude, s'arrête & ſe repoſe au pied d'une colline. Je m'aſſeois auprès d'elle. L'on voyoit d'un côté la douce lumiere du ſoleil couchant; de l'autre paroiſſoit un Château à demi-caché par un bois touffu de chênes, de planes & d'érables. Julie conſidéroit ces deux objets avec attendriſſement; elle ſe rappelloit cette maiſon de campagne de ſon pere, où elle avoit paſſé ſes jeunes années, & où je la vis pour la premiere fois. « O jours trop-tôt paſ» ſés! diſoit-elle, jours aimables de mon en» fance! qui ne renaiſſiez que pour faire éclorre » ſous mes pas des plaiſirs toujours nouveaux, & » toujours innocens! jours dont je n'ai pas aſſez » connu le prix! Qu'êtes-vous devenus?.... Hélas! » vous êtes comme un beau ſonge..... Il ne » me reſte de vous qu'un ſouvenir déchirant... » Vous ne reviendrez jamais. Il n'eſt plus pour » moi de plaiſirs ». Elle ne pouvoit plus verſer de larmes, mais elle pouſſoit des ſoupirs profonds. Mon cœur ſe fendoit à cette vue. Je me penchois douloureuſement ſur ſes genoux: je les embraſſois & demeurois immobile.

Julie se leve. Nous continuons notre route. Les approches des ténebres nous déterminent à entrer dans une mauvaise Hôtellerie qui s'offre à nous. Julie se couche, sans rien prendre, dans une chambre à côté de la mienne, qui n'étoit séparée que par un mur étroit, de maniere que presque toute la nuit mes oreilles furent frappées des gémissemens de cette malheureuse fille. Je n'étois pas moins agité qu'elle. Je me voyois l'artisan de tous ses malheurs, le destructeur de son repos, le bourreau de son innocence, l'auteur du trouble & du déshonneur de deux familles. Je me voyois errant, chargé de leur juste haine & de la malédiction du Ciel. L'espérance ne m'offroit plus sa douce consolation : je desirois la mort, mais j'étois forcé de vivre. Je ne pouvois abandonner Julie à sa malheureuse destinée. Ce seul motif m'attachoit au fardeau de l'existence. Le jour commençoit à paroître : un léger sommeil vint m'assoupir. Ce repos dura peu. Je me réveille en sursaut ; je me leve. Quelle est ma surprise ! quand me disposant à sortir, j'apperçois près de la porte, en dedans de ma chambre, un billet tracé de la main de mon Amante. Je le prends avec précipitation.

» Remercie le Ciel, mon cher Valmore, de l'heureux dessein qu'il m'a inspiré. Ces flatteuses illusions, cette félicité » prochaine, ces douceurs imaginaires dont » nous devions jouir, que nous goûtions d'a- » vance, ont fui loin de nous comme une fu- » mée. C'est un ordre secret de l'Etre-Suprême » de nous séparer. Nous allions traîner notre » misere & notre infortune de Ville en Ville, » peut-être de climats en climats: ce que j'au- » rois préféré à la honte de m'offrir aux re- » gards d'un pere irrité. Ma fuite prévient tout; » elle procure mon repos, & le tien qui m'est » cher. Je vais dans un Cloître ensevelir pour » jamais ma honte & mon crime. Adieu. En » perdant le souvenir de la malheureuse Ju- » lie, tâche d'oublier ce que nous avons souf- » fert.

Après la lecture de ce fatal écrit, je vole dans la chambre de mon Amante. Elle n'y est plus. Je demande quelle route elle a prise. Personne ne l'a vue sortir. Je m'éloigne, le désespoir dans le cœur. Je cours à travers les campagnes; j'erre comme un furieux pendant plusieurs jours. Je demande Julie à tous ceux que je rencontre. Je visite tous les Monasteres des environs: je ne pus rien découvrir.

Je pouſſois des cris ſourds ; je rugiſſois comme un lion. Je n'étois plus un homme, j'étois un monſtre qui ſe repaiſſoit de rage. Je m'éloignois de l'humble gîte où les ſoins de l'hoſpitalité m'étoient offerts; je couchois dans les chemins, dans les antres ; je marchois égaré, farouche; mon viſage étoit have & contracté hideuſement par le déſeſpoir. J'avois l'air d'un ſcélérat, chargé de tous les crimes enſemble, & qui couroit au-devant de l'échafaud. Tous les hommes qui me rencontroient fuyoient à mon aſpect, tant j'inſpirois l'effroi ! Les bêtes féroces même n'oſoient m'approcher : je les épouvantois de mes cris funebres.

Cependant on nous faiſoit pourſuivre, Julie & moi. On avoit fait des recherches exactes, & l'on ſavoit la route que nous avions priſe. Je ſuivois un large ſentier, ſans ſavoir où il m'alloit conduire. Quatre hommes armés m'environnent ; on m'ôte mon épée, & l'on m'arrête par l'ordre de M. de Valmore. Je ne fais aucune réſiſtance. Au nom de mon pere, tout mon déſeſpoir ſe calme ; un ruiſſeau de larmes s'échappe de mes yeux, & je me laiſſe conduire comme une victime obéiſſante. On me mene à un vieux Château, peu éloigné de chez mon pere. Un pavillon iſolé eſt choiſi pour le lieu de ma prison. A son aspect je recule d'horreur; mais forcé d'y monter, j'entends une épaisse porte rouler sur ses gonds antiques, & je me trouve seul dans un lieu obscur entre quatre murailles dégradées, surmontées d'une voûte entr'ouverte, qui sembloit attendre une proie pour l'ensevelir sous ses ruines.

Confondu à la vue de cet état si nouveau pour moi, je roulois des yeux égarés. « C'est » moi! disois-je....moi en ce lieu!...comme » un criminel!... dans une prison, environné » de l'appareil du malheur!....Il ne me man» que plus que des chaînes .... O ma Julie! » où es-tu?......Que fais-tu loin de ton mal» heureux Amant?.....Si tu le voyois en cet » état, tu en mourrois de douleur. Si du moins » il m'étoit permis de te voir....si tu parta» geois mon sort, qu'il me seroit encore doux!... » Que dis-je? Julie partager l'horreur qui m'en» vironne! Julie dans ce séjour de larmes!... » Elle qui étoit faite pour habiter un Palais, » pour couler les jours les plus fortunés, & pour » recevoir les hommages de l'univers!.....Je » suis le seul coupable.... je dois être le seul » puni. J'ai trompé le meilleur des peres; j'ai » foulé aux pieds sa tendresse; j'ai fait servir

» ses bienfaits à me déshonorer. J'ai trahi les » engagemens les plus respectables. C'est moi » qui ai mis le flambeau d'une fatale passion » dans le sein de la chaste Julie; par ma cri» minelle adresse, j'ai porté des atteintes à son » innocence; j'ai affoibli sa vertu ; j'ai détruit » son horreur pour le vice ..... Falloit-il em» poisonner son cœur ! Je l'eusse perdue. Eh ! » ne faudra-t-il pas que je la perde ? Si elle vit » encore, elle ne vit plus pour moi ... Je ne la » verrai jamais.

J'étois en proie à ces réflexions accablantes. J'entends ouvrir les portes du séjour ténébreux où j'étois renfermé. Je frissonne .... Le cœur me bat avec violence......... Dieux ! quelle vue ! C'étoit mon pere. Il étoit de ces hommes braves & irréprochables, qui mettent la probité au-dessus de tout, & qui préféreroient mille morts à l'ombre de l'avilissement. Il m'aborde avec un rire sévere & forcé. « Te voilà donc, lâche, me dit-il ; tu » n'as donc pas joui du fruit de ton crime? ... » Peux-tu supporter le jour qui t'éclaire ? » Peux-tu supporter ma présence? L'honnête » homme quelquefois s'égare, mais la vue de » son semblable est pour lui un reproche ; il » voit la tache imprimée à son ame, & fait

» s'en punir. Toi, tu as déchiré le ſein qui » t'a nourri; tu as violé les droits les plus » ſacrés, & tu vis! tu ne venges pas l'hon» neur que tu as outragé! Tu oſes porter » tes regards au fond de ton ame mépriſable! » As-tu pu ſonder deux fois ton cœur? Cha» cun de ſes battemens ne t'accuſe-t-il pas? » N'entends-tu point le cri foudroyant du re» mords? Tu es le ſeul être pour lequel il » n'ait point de voix. Tu pleures.... C'eſt la » reſſource des lâches Seche-les, ces viles lar» mes; arme toi de force contre ton plus cruel » ennemi; arme-toi contre toi-même, & va » cacher dans la poudre du tombeau un front » qui ne peut plus voir le jour. Tu reſtes pai» ſible....... Tu n'exciteras plus mon inutile » courroux... Tu n'es qu'un méchant. Meurs » en dépit de toi; meurs, vil opprobre de ma » famille ». Il s'avance l'épée nue, pour me percer. Je reſte immobile, & l'attends de ſang froid. Tout-à-coup il s'arrête. « Non, dit-il, je » ne ſ uillerai pas mon bras. Voyons s'il te reſte » encore quelque goutte de mon ſang dans les » veines. Rends-toi un ſervice que je ne puis » te rendre moi-même, ſans honte & ſans ache» ver de couvrir ta mémoire d'une éternelle » ignominie ». Il me jette ſon épée. Plein d'une rage frénétique, je la saisis avec transport, & l'enfonce dans mon flanc.

La nature alors jette un cri au fond du cœur paternel. Que fais-tu, malheureux? s'écrie M. de Valmore. Il s'élance, & veut arrêter mon bras, mais trop tard. Un ruisseau de sang jaillit de mon sein déchiré, sur ses mains & sur son visage. Je succombe; il me soutient dans ses bras tremblans. « Malheureux » pere! qu'as-tu fait, s'écrie-t-il? cruel enfant! » A quel excès m'as-tu porté? Faut-il que je » te trouve encore digne de moi, quand tu » m'es ravi »! Toute sa colere s'éteint. Il ne peut lui-même retenir ces larmes, qu'il me reprochoit auparavant comme une foiblesse.

Je fus tiré de ce vieux Château, & ramené au sein de ma famille, où l'on me prodigua tous les soins. Heureusement le fer n'avoit point atteint mon cœur, & ma blessure n'étoit pas mortelle. Dans quelques jours je fus rétabli: mais je ne jouissois plus que d'une santé languissante. On avoit nommé à l'emploi qui m'étoit destiné. Je ne pouvois plus joindre le Régiment: d'ailleurs je ne me sentois ni le courage ni la force de rien faire. J'adorois toujours Julie: j'y songeois sans cesse. Je me faisois des images cruelles de son sort; des songes affreux la retraçoient à mes regards réduite à l'état le plus déplorable. Tantôt elle me paroissoit sous le chaume, ou au milieu d'un champ, couverte de vêtemens déchirés, indignes de sa naissance, environnée de l'appareil de la misere, & soumise à un Fermier inhumain, qui lui imposoit les plus durs travaux. Tantôt je la voyois seule au milieu d'un desert, assise au pied d'un rocher, se nourrissant d'herbes ameres, & s'abreuvant de ses larmes. Quelquefois je la voyois étendue sur son lit de mort; elle me tendoit la main, laissant tomber sur moi un regard triste & tendre. J'entendois sa voix douce, qui articuloit quelques mots, & qui murmuroit tout bas mon pardon. Je m'approchois avec saisissement; elle se penchoit vers moi; ses bras s'entrelaçoient doucement autour de mon cou, & sa bouche restoit froide & immobile sur mon sein.

Ces songes cruels me désespéroient, & sembloient me confirmer que Julie n'étoit plus. Je fuyois la société; je ne voulois voir personne. J'errois seul dans les bois qui entouroient la maison de mon pere. Je m'enfonçois sous les plus noirs ombrages. Là, j'aimois à me repaître de toute ma douleur. Un chagrin profond & destructif sappoit à petit bruit tous

les fondemens de mon exiſtence. Je périſſois.
» Qu'il eſt cruel de ne plus eſpérer, diſois-je!
» qu'il eſt bien plus cruel de vivre quand on
» n'eſpere plus! O mon pere! tu n'étois point
» barbare, quand tu voulois mon trépas; tu
» voulois la fin de mes maux; tu prévoyois
» que la vie ne ſeroit pour moi qu'un long
» tourment. Que je hais la pitié ſubite qui s'eſt
» emparée de toi! Que ne m'as-tu laiſſé mou-
» rir? Peut-être aujourd'hui je verrois Julie;
» peut-être je partagerois la félicité qu'elle
» goûte dans un monde plus heureux ...... O
» toi qui fus & qui ſeras toujours l'épouſe de
» mon cœur! O ma Julie! Es-tu dans la de-
» meure des bienheureux? Les cris de ton re-
» pentir ſans doute ont percé juſqu'au trône
» du ſuprême Conſolateur. Tu as reçu le prix
» de ta vertu. Ne dédaigne pas de faire enten-
» dre ta voix à l'Amant qui te fut cher, qu'il
» ſe hâte de laiſſer ſa dépouille mortelle, pour
» voler avec toi au ſéjour de l'immuable féli-
» cité. Le monde, ſi tu ne l'habites pas, de-
» vient pour lui une aride ſolitude .... Puiſque
» nous n'avons pu être unis ſur la terre, que
» du moins nous le ſoyons dans le Ciel.

Cependant Julie ne ſe trouvoit point. M. de Forhele avoit fait faire toutes les recherches possibles, & n'avoit pu recevoir aucun indice, Il apprit que je n'étois plus renfermé, que je vivois tranquillement chez mon pere. Cette nouvelle le mit en fureur. Il voulut me faire arrêter, même dans la maison paternelle. Cet acte de violence indigna M. de Valmore; il s'y opposa fortement, & répondit que c'étoit à lui seul qu'étoit réservée la punition de son fils. Delà vint une haine terrible entre les deux familles. Je me voyois la cause de tous ces troubles : cela mettoit le comble à mon désespoir.

Un jour en me promenant dans un chemin public, j'apperçus un Soldat qui passoit avec son sac & sa giberne; l'idée me vint de partager sa misere. « Hélas! me dis-je à moi-» même, il ne me reste plus d'autre parti : l'état » le plus misérable est celui qui me con-» vient le mieux. C'est une peine que je dois » m'infliger. Je ne dois plus prétendre à au-» cun emploi digne de ma naissance. Je ne puis » rester au sein de ma famille; mon triste as-» pect ne peut qu'être funeste à un pere trop » vertueux, pour ne pas gémir de m'avoir » donné le jour; ma fuite appaisera le cour-» roux de M. de Forhele, & préviendra des » dissentions qui détruiroient le repos de deux

» familles respectables ». J'abordai le Soldat ; & le suivis jusqu'à sa garnison, où je m'engageai. Il me parut d'abord bien dur d'être associé à des hommes qui n'étoient ni de mon état ni de mon rang, à des hommes grossiers, sans mœurs, & faits pour m'obéir. Mais un bras de fer s'appesantissoit de plus en plus sur moi, & mon cœur ne devoit plus être ouvert à aucune consolation. Je me laissai donc aller à ma destinée. C'étoit pendant les guerres de Flandre & d'Allemagne. Je fis toutes les campagnes dernieres avec mille désagrémens, parce que l'image de Julie ne me quittoit jamais ; elle voltigeoit sans cesse autour de moi ; je la voyois dans mon sommeil ; je la retrouvois à mon réveil, elle me suivoit en tous lieux. Je traînai ma misere de Ville en Ville, de climats en climats. Je portai mon désespoir au milieu des camps, sur les champs de bataille. Je cherchai par-tout la mort, & ne la trouvai nulle part. Je ne rapportai que des blessures & un corps usé de fatigues.

Il y avoit huit ans que je végétois dans cet état d'abjection & d'oubli. Je n'avois entendu parler ni de Julie ni de mon pere ; je les croyois morts l'un & l'autre. « Hélas ! di» sois-je, c'est moi qui les ai mis au tombeau.

» Je devois faire le bonheur de tous deux, & » j'ai fait leur perte. C'eſt par un chemin de » larmes qu'ils ſont arrivés au terme de la vie, » & c'eſt moi qui leur ai ouvert ce chemin ... » O mon pere! ô mon Amante! c'eſt pour » vous venger que le Ciel me laiſſe vivre. Ce » ne ſera qu'après bien des années de ſervitude » que je pourrai être quitte envers vous.

L'expérience & la raiſon, filles tardives du temps & des chagrins, me rendirent enfin plus tranquille; ou plutôt à force de gémir, ma ſenſibilité s'émouſſa, mon cœur tomba dans une profonde apathie, & ce fut à cette eſpece d'inſenſibilité que je dus le repos de deux années. Quoique ſimple Soldat, j'étudiai mon état, & m'appliquai à le bien remplir. Je fis d'utiles obſervations ſur mes campagnes. Je les communiquai à mes Chefs, qui les accueillirent bien. On me diſtingua; on eut pour moi des égards; on me promit de l'avancement. Mais le mérite n'eſt pas toujours un titre pour parvenir; il a beau ſe faire connoître, il reſte & meurt ſouvent ſans récompenſe. Les attentions qu'on m'avoit témoignées n'eurent qu'un temps; on m'oublia bientôt, & je demeurai comme auparavant, ignoré dans la foule.

Le Régiment vint à Francfort, où étoit le

quartier général. Toute la Ville retentissoit de chants & de concerts; ce n'étoient que fêtes & réjouissances. Je fus le seul qui ne m'apperçus point de l'allégresse publique. Si mon cœur étoit devenu insensible à la douleur, il n'étoit pas pour cela plus accessible au plaisir.

Cependant il y avoit une Actrice qui faisoit grand bruit dans toute la Ville, & qui réunissoit tous les suffrages. On ne parloit que de sa beauté, & de l'excellence de son jeu qu'on élevoit jusqu'aux nues. La curiosité, plutôt que l'espoir de me réjouir, me conduisit au Spectacle. On donnoit l'Iphigénie de Racine. L'Actrice paroît au fond du théâtre avec les applaudissemens de tout le Parterre. J'applaudissois moi-même pour imiter les autres; elle me parut habile à peindre & à remuer les passions; une expression vraie, une action vive & passionnée caractérisoient son jeu. Elle avoit l'organe clair & sonore, la voix tendre & flexible. La douceur de ses sons enlevoit par degré l'aridité de mon cœur, qui s'ouvroit au plaisir de l'entendre. Des mouvemens inconnus, que je ne démêlois pas, ébranloient doucement mon ame étonnée de s'attendrir. Mais quand la Piece en fut à cette scene où Agamemnon vient lui-même chercher sa fille pour la conduire à l'autel; quand j'entendis une voix mourante, enchantereſſe, l'organe même de la ſenſibilité, prononcer ces beaux vers:

Ma vie eſt votre bien, vous voulez la reprendre, &c.

quand j'entendis cet accent de la douleur qui m'étoit ſi connu, je reſtai comme un homme qui veille, & qui ne peut croire qu'il eſt éveillé. Je me trouble, je friſſonne. Pourquoi la foudre ne me rendit-elle pas ſourd & aveugle en ce moment? Pourquoi la terre n'ouvrit-elle pas un gouffre pour m'engloutir? Mes yeux s'attachent avidement ſur l'Actrice, que je n'avois point conſidérée juſqu'alors; j'examine, je parcours ſes traits... Je reconnois Julie... Ma ſenſibilité, que je croyois épuiſée, reprend toute ſa force & ſon énergie. L'enveloppe qui environnoit mon cœur ſe déchire, & comme ſi mille lances l'avoient percé à la fois, il ſaigne de mille bleſſures nouvelles. Je tombe ſans connoiſſance, & l'on m'emporte à mon logement.

L'excès même de mon ſaiſiſſement me rendit l'uſage de mes facultés. Revenu à moi, je demande Julie. Je ſors malgré ma foibleſſe; je m'informe de ſa demeure. Je m'y rends après le Spectacle, & demande à lui parler. On me dit qu'elle ſoupe avec M. de Farbanne, mon Colonel. Nouveau coup ! nouveau déchirement ! O ſexe trop foible ! voilà où vous conduit la peur de la miſere ; l'indigence eſt pour vous le plus terrible des fléaux ; & quand il s'agit de le prévenir, il n'eſt plus de ſacrifice qui vous coûte (*).

Je regagnai mon logement, le cœur ſi

(*) On ſera ſurpris, choqué même peut être qu'une fille de qualité, élevée dans les bienſéances de ſon rang, ſe ſoit faite Comédienne. Mais l'on voit des évenemens plus extraordinaires que celui-là, & pourtant véritables. D'ailleurs ce ſont les événemens extraordinaires qui font l'intérêt des Romans. Si Julie n'avoit point écouté les diſcours de Valmore, & ſi elle étoit reſtée chez M. de Forhele, comme elle auroit dû le faire ; ſi Valmore avoit ſuivi les ſages conſeils de ſon pere, & s'il avoit entré dans la carriere qui lui étoit ouverte, & qu'il devoit naturellement ſuivre, ſon hiſtoire ſeroit celle de preſque tous les Militaires qui paſſent la moitié de leur vie au Service, & l'autre moitié dans leurs foyers ; & il ne ſe ſeroit gueres aviſé de la mettre au jour. Mais il prend une route tout oppoſée à celle qu'il devoit prendre. Il donne dans les plus grands travers ; il ſéduit une fille de condition, & l'entraîne dans des écarts encore plus grands que les ſiens ; elle acheve ce qu'il avoit commencé. Elle arrive d'elle-même au dernier degré de l'opprobre & de l'aviliſſement. Voilà ce qui étonne & ce qui fixe l'attention ; voilà ce qui ſert de baſe à l'intérêt.

douloureuſement affecté, que par intervalle je croyois qu'il alloit ceſſer de palpiter. Une foule d'idées lugubres battoit mes ſens & ma raiſon. Mon eſprit étoit confondu; je ſongeois à cette étrange métamorphoſe, & je ne pouvois la comprendre. « Eſt-ce bien là mon Amante, » diſois-je ?...Julie coupable!....Julie désho- « norée !..... Elle qui étoit ſi vertueuſe, elle » qui frémiſſoit au ſeul nom du vice ! N'ai-je » été pendant dix ans triſte jouet d'une miſere » affreuſe, ne me ſuis-je vu ſanglant, couvert » de bleſſures, & renverſé à demi mort ſur un » champ de carnage, que pour venir ici rece- » voir un coup mille fois plus mortel que toutes » les plaies dont mon corps porte les traces? Le » courroux céleſte me pourſuit donc ſans relâ- » che ?... Ma vie ne ſera donc qu'une chaîne » de calamités qui joindra mon berceau à mon » cercueil ? O ma mere! quel don funeſte tu » m'as fait que celui de l'exiſtence ! Quand tu » m'as engagé dans la carriere de la vie, n'é- » tois-tu pas une marâtre ſur un rivage, qui, » laſſe du poids de ſon enfant, l'abandonnoit » ſans pitié aux vagues écumantes, ſans s'in- » quiéter ſi ſes bras, encore foibles, pour- » roient réſiſter à leur flux impétueux? O ma » mere! tu m'aimois. Tu ne ſongeois pas, en

» me donnant la vie, qu'un jour je devois
» l'abhorrer, & desirer le néant.

Je ne dirai point quelle nuit je passai. A force de peindre les situations, elles s'affoiblissent. C'est aux cœurs sensibles à se mettre à ma place, & à sentir ce que je ne puis exprimer.

Le lendemain cependant je retournai chez mon Amante. Elle étoit seule; mes chagrins, mes fatigues, mon air de misere, m'avoient tellement changé, qu'elle ne put me reconnoître..... « Voilà donc Mademoiselle de Forhele, lui dis-je en l'abordant; voilà l'héritiere du plus riche Seigneur de la Province de Bretagne. C'est sur des tréteaux, parmi des Histrions, qu'elle fait briller l'éclat de sa naissance; c'est sous la pourpre théâtrale, au sein de l'humiliation, qu'elle soutient la gloire de ses aïeux .... Ah Julie! n'ai-je tant pleuré ta perte que pour te revoir en cet état! Voilà le Cloître où tu voulois ensevelir tes remords; c'étoit pour courir à l'opprobre & à l'infamie que tu laissas l'infortuné Valmore à toutes les fureurs du désespoir.

Julie, troublée de s'entendre nommer, frappée au nom de Valmore, me regarde & m'enviſage. Un Amant qu'on a vivement chéri, & qu'on revoit après bien des années, ſe reconnoît bien vîte, malgré la longueur de l'abſence, malgré les outrages du malheur & du temps. Julie ſaute à mon col, fondant en pleurs. »—O Valmore! c'eſt toi » ...... Puis ſe rappellant l'amertume de mes reproches, elle ſe tire de mes bras, conſternée & confuſe, & va tomber en ſanglotant ſur un fauteuil. « Trop » cruelle Amante, lui dis-je en m'approchant » d'elle, ma préſence t'eſt-elle odieuſe? Veux-» tu me fuir encore »? — Oui, je te fuirai, parce que je ſuis une malheureuſe, qui n'oſe & ne dois plus t'enviſager, qui n'es plus digne de toi. J'ai perdu tous mes droits à ton eſtime & à ton amour. Ta haine, ton mépris, le mépris de moi-même, celui du monde entier: voilà mon partage .... O Valmore! quand je fis le ſacrifice ſi cruel de m'éloigner de toi, je voulois ſincérement me conſacrer à Dieu. Je voulois expier mes erreurs dans les auſtérités d'une éternelle pénitence. Il fallut bien des réflexions, bien des efforts pour ſuivre un projet combattu par l'amour le plus violent. Il fallut bien des ſoupirs, bien des élans vers le Ciel. Enfin je me ſentis animée d'une force inconnue. Je me crus poussée par un bras céleste : je triomphai. Je me séparai de toi : mais bientôt toute ma force s'évanouit. Le regret de ne plus te voir vint rallentir mon zele, & déchirer mon cœur. La raison eut beau me présenter encore son flambeau, je ne le voyois plus; je n'entendois plus sa voix ; tout cédoit à l'horreur de ne plus voir mon Amant. Je revins à l'Hôtellerie où nous avions passé la nuit. Mais hélas! tu n'y étois plus. Je suivis tes traces. A chaque pas que je faisois, l'instinct de l'amour sembloit me dire : « c'est par » ici qu'il a passé, voilà la route qu'il a prise ». Mais cet instinct me trompoit; toutes mes recherches furent vaines. Ce fut alors que je songeai à suivre ma premiere résolution. Je me présentai en vain à mille Monasteres; par-tout on m'en refusa l'entrée ; on crut que j'étois une malheureuse qu'on avoit séduite, & qui portoit dans son sein le fruit coupable de son crime. Cependant, tu le sais, j'avois conservé mon innocence. Destituée de tout, désesperée, ne sachant que faire, n'osant réclamer des secours humilians, je me vis privée des alimens dus à la simple existence. Cruel Valmore! disois-je, voilà ton ouvrage... Mais l'idée de ne plus te voir me paroissoit encore plus affreuse que les tourmens que tu me faisois souffrir. « Si je le voyois, » ajoutai-je, je serois trop heureuse de lui par- » donner ; je verserois mes larmes dans son » sein ; il me consoleroit.... J'oublierois tous » mes malheurs ».....puis je me rappellois ma famille. « O mon pere ! viens voir ta fille in- » fortunée, délaissée, errante, & enviant le sort » de la créature la plus misérable..... Viens » être le témoin de son terrible châtiment. Tu » ne pourras empêcher ton cœur de s'ouvrir » à ses sanglots ; tu l'arracheras au glaive cé- » leste qui la poursuit, & qui est trop fidele à » servir ta vengeance. Elle ne demande plus à » porter le nom de ta fille ; elle ne mérite plus » d'être élevée à ce rang. Laisse-la ramper » parmi les derniers de tes domestiques : trop » heureuse encore d'obtenir sa grace, par le » bonheur de servir celui qu'elle a tant ou- » tragé » ! Tantôt je voulois m'aller jetter aux pieds de M. de Forhele ; tantôt je voulois lui écrire, & lui découvrir le lieu de ma retraite : mais une crainte secrete m'arrêtoit toujours.

Cependant mon état devenoit chaque jour plus affreux. Je ne tenois plus à la vie que par les liens les plus foibles : j'étois aux portes du tombeau.

Un matin je sortois d'un Village où j'avois passé la nuit; je marchois languissamment, la tête inclinée, & toujours noyée dans mes pleurs. Une voiture passe; une Dame d'un certain âge met la tête à la portiere du carrosse. Elle m'apperçoit, voit mes larmes & mon air d'abattement. Mon port, ma démarche, ma profonde affliction, tout sans doute annonçoit que je n'étois pas née pour l'infortune. Cette Dame me considere: je lui inspire de l'intérêt. Elle fait arrêter sa voiture, descend, & vient à moi.

» Le chagrin, me dit-elle, Mademoiselle, » porte avec lui une indiscrétion qui m'annonce » que vous en êtes une victime des plus déplo- » rables; votre cœur, je le vois, saigne d'une » blessure récente & douloureuse. Me sera- » t-il refusé d'y répandre le baume de la » consolation ? On ne peut s'y méprendre, » vous n'êtes pas née pour souffrir. L'inju- » stice, je le vois, la tyrannie de quelques » parens peut-être, vous persécutent. La com- » passion a des droits sur mon ame : ouvrez- » moi la vôtre. Je sais respecter & chérir l'in-

» fortune. Parlez, que vous manque-t-il?

Il y avoit ſi long-temps que la douce voix de l'humanité n'étoit venue juſqu'à mon oreille, que je reſtai toute émue. « Il m'eſt bien doux, Ma- » dame, repris-je, de rencontrer un être ſen- » ſible à mes peines; votre voix inſinuante eſt » bien capable de diminuer la profondeur de » mon affliction. Mais rien ne peut rendre à » mon cœur ce qu'il a perdu ». Cette femme renouvella ſes inſtances; elle me parut ſi bonne, ſi tendre, ſi compatiſſante, que je ne pus lui refuſer ce qu'elle me demandoit. Elle me fit monter dans ſon carroſſe, où je lui fis un détail ingénu de toute mon aventure. Elle m'embraſſa tendrement, & mêla ſes larmes aux miennes. « Je n'abuſerai point, de votre » confiance, me dit-elle: mais j'eſpere que » vous me permettrez d'uſer des droits que » me donnent ſur vous vos malheurs; quelle » qu'en ſoit la ſource, je dois vous plaindre, » & vous ſecourir, puiſque le Ciel m'en donne » le pouvoir. Ne refuſez pas de m'accom- » pagner, ma maiſon vous eſt ouverte. Vous » n'y trouverez point l'âpreté d'une vertu atra- » bilaire. Vous n'y entendrez jamais l'amer- » tume du reproche. Plus vous avez été mal-

» heureuſe, plus vous ſerez reſpectée & ché-
» rie. Demeurez-y autant que vous le jugerez
» à propos; vous me verrez toujours envi-
» ſager avec regret le moment de votre départ.
» Venez, ne m'enlevez pas la ſatisfaction de
» vous être utile; ne me privez pas du plus
» touchant, du plus délicieux de mes plaiſirs.

Tant de bonté m'émut juſqu'au fond des entrailles. Je ne pouvois, ſans inhumanité, me refuſer à des offres ſi obligeantes & ſi ſinceres. Elle me conduiſit à Rouen, où elle faiſoit ſon ſéjour. Je remerciai le Ciel de m'avoir fait rencontrer une bienfaitrice ſi aimable & ſi ſenſible. Bientôt j'eus la douleur d'apprendre que j'étois chez une femme de Théâtre. Je réſolus de l'abandonner; mais la nobleſſe, la douceur de ſes procédés, m'enchaîna près d'elle: elle me parut ſi fort au-deſſus de ſon état, que je me ſerois fait un reproche cruel de payer tant de bonté par la plus grande marque de mépris. Elle n'épargnoit rien pour calmer mon chagrin, & ramener la joie dans mon cœur, toujours plein de ton image, & du ſentiment de ta perte. Elle-même venoit eſſuyer mes pleurs; chaque jour elle redoubloit de zele, chaque jour elle me montroit plus d'affection.

Bientôt je la regardai comme une véritable amie, comme une tendre mere. J'aurois voulu la quitter, je n'en étois plus la maîtresse : la reconnoissance avoit trop d'empire sur moi. Je la suivis dans tous ses voyages. Elle me faisoit entrevoir les avantages de son état; peu-à-peu elle m'en faisoit une peinture vive & exagerée. Insensiblement elle m'en inspira le goût. Elle vit en moi des dispositions heureuses, & prit soin de les cultiver. Aveuglée par ses conseils, séduite par l'attrait d'un plaisir inconnu, je devins sourde aux derniers cris de la pudeur mourante au fond de mon cœur : j'osai franchir le pas. Nous étions à Marseille. Je parus en Scene. Les succès de mon début me flatterent ; je fus éblouie par de vains & stériles applaudissemens, qui ne servirent qu'à nourrir mon ardeur pour le Théâtre. J'y suis depuis ce temps .... Hélas ! tu sais le reste.......(*).

» Ah ! Julie, lui dis-je, que tu es à plain» dre ! Dans quel gouffre sans fond je te vois

---

(*) On me reprochera encore d'avoir rendu Julie vicieuse; mais tous les Romanciers peignent l'héroïsme, moi je peins la foiblesse, & je suis convaincu que l'expérience est pour moi.

» plongée! As-tu pu t'étourdir à ce point sur » ton sort?..... L'image de ton Amant n'est-» elle pas venue quelquefois empoisonner tes » plaisirs, & te reprocher ta bassesse?..... Te » voilà donc enchaînée pour jamais à l'abjec-» tion!.... Tout est-il désespéré?...... Ton » cœur, ce cœur qui fut autrefois le siege pré-» cieux de l'innocence, est-il corrompu, dé-» gradé sans ressource? N'est-il plus susceptible » d'un heureux retour à la vertu? — Que » faire, grands Dieux! pour expier tant d'an-» nées d'erreurs? — Que faire, malheureuse » Amante? t'arracher à l'instant à cet état où » l'on dresse des trophées au vice; fuir des » lieux empestiférés pour toi, & me suivre où je » voudrai te conduire. Tu ne vois plus une » jeune tête étourdie & sans expérience, qui » n'avoit d'autre guide que l'effervescence de » ses sens, mais un homme mûri par les cha-» grins & la reflexion, qui a étudié, & qui con-» noît la vie. Vois ce corps cicatrisé de nobles » blessures; c'est au champ de l'honneur que » j'ai expié mes fautes; c'est dans le sang des » ennemis de ma Patrie que j'ai lavé la tache » imprimée autrefois à mon ame. Je t'ai con-» duite au bord de l'abyme, il est vrai: mais tu » en as vu la profondeur, & tu t'y es plongée

» de toi-même. Cependant il eſt de mon de» voir de t'en arracher». — « Tu veux que nous » prenions la fuite, hélas! nous n'avons plus » de parens; nous n'avons plus de patrie: » comment éviter la miſere? — Nous enchaî» ner à la rame, déchirer le ſein de la terre, » mourir, s'il le faut, en l'arroſant de ſueurs » & de larmes enſanglantées, plutôt que de » reſter dans le crime. » — « Mais ton habit » m'annonce que tu es engagé: tu cours des » riſques pour ta vie, ſi tu prends la fuite ». — « Trop indigne Amante! fut-il jamais d'obſ» tacles pour l'ame forte & ſublime, qui veut » ſe ſouſtraire à l'empire du vice? D'ailleurs » n'es-tu pas aſſez riche pour m'affranchir du » joug que je porte? Que ſignifient ces riches » dentelles? que ſignifient ces diamans dont je » te vois parée? Annoncent-ils ton impuiſſance? » Tu rougis. . . . . . tu pleures . . . . je » le vois; tu les dois à ton déshonneur. Tu » as raiſon de ne pas me propoſer le recou» vrement de ma liberté; il me ſeroit plus doux » de languir toute la vie daus le plus dur eſ» clavage, que de l'acquérir à ce prix. Mais » je vois que le crime a encore pour toi des » appas; un doux attendriſſement n'humecte » plus tes yeux; la voix du ſentiment ne parle

» plus à ton cœur; il eſt devenu une terre » aride, où le germe de la vertu ne fructifie » plus ; il eſt inflexible à mes ſourds gémiſſe- » mens. Tu comptes pour rien dix années de » fatigues & de déſeſpoir. Tu vois d'un œil ſec » la flétriſſure du malheur, empreinte & ſil- » lonnée ſur mes joues. Que dis-je ! l'aſpect de » ma miſere t'importune & choque l'éclat qui » t'environne. Eh bien ! je vais t'en délivrer. » Continue de vivre dans l'opprobre, puiſqu'il » eſt devenu néceſſaire à ton être : garde tes » fers honteux, puiſque tu les chéris. Mais » crois-moi, le bandeau ſe déchirera. Ne compte » pas ſur la durée de ton triomphe, il ne peut » être long ; c'eſt moins à tes talens qu'à ta » beauté que tu dois les applaudiſſemens qu'on » te prodigue. Mais la beauté s'efface, & les » défauts reſtent. Bientôt les tiens perceront, » ils n'auront plus de voile. On te jugera avec » ſévérité. Ceux qui te fêtent tant aujourd'hui; » ceux dont tu es l'idole, ne te regarderont » plus ; ils ajouteront l'inſolence au mépris in- » térieur qu'ils ont déjà pour toi. Tu ſeras dé- » laiſſée, jettée au rebut, & livrée à toute » l'horreur de l'aviliſſement. La nature alors re- » vendiquera ſes droits ; tu te rappelleras ton » nom & ta famille ; des larmes de ſang coule-

» ront à longs ruiſſeaux de tes yeux. Mais il » ſera trop tard ; perſonne ne te plaindra ; » perſonne ne devra te plaindre . . . Tu mourras » déſeſperée, en maudiſſant le Ciel & les hom- » mes, & tu auras mérité ton ſort. . . . Adieu, » je vais gémir pour toi ſur ta conduite. Je » t'ai connu une ame profondément ſenſible, » mais toutes les vertus s'éclipſent avec celle » de l'innocence. Tu n'en as plus aucun veſ- » tige. . . tu n'es plus Julie . . . Adieu, cruelle ! . . . » Vois mes pleurs ; entends ces ſanglots, que » je voudrois en vain étouffer ; ils retentiront » un jour à ton oreille effrayée, & moi . . . . . . je » ſerai vengé . . .

J'allois ſortir ; Julie vole à moi éperdue. — « Arrête, ô mon cher Valmore ! Arrête, ô le » plus chéri des Amans ! . . . . . . ou crains tout » de mon affreux déſeſpoir. Je ſuis à toi ; » parle, où veux-tu que je te ſuive ? Le Ciel » eſt témoin de mon vif repentir & de mon » ardeur à t'obéir.

Comme elle prononçoit ces mots, mon Colonel entre : ma vue ſans doute & nos larmes eurent droit de le ſurprendre. Il s'arrête. » L'aventure eſt plaiſante, dit-il froidement ; » Madame, que fait donc avec vous ce Sol- » dat ? Ce qu'il fait, repris-je, animé ſoudain

» d'une force ſurnaturelle, ce qui coûte bien à » ſon cœur, mais ce que la probité veut qu'il » faſſe ». — « Ignores-tu qui je ſuis, & quel » eſt ton devoir » ? — « Je ſais qui vous êtes, » & je fais ce que je dois ». — « Commence » par m'obéir, en me délivrant à l'inſtant de » ta préſence ». — « Commencez vous-même » par ſortir d'un lieu dont l'entrée vous eſt inter- » dite depuis que le vice en eſt proſcrit ». — » Depuis quand tant d'audace dans un Sol- » dat ? — « L'audace eſt permiſe à un Soldat tel » que moi ». — Qui es tu ? — L'appui de l'in- » nocence, & l'ennemi du crime. J'ai trouvé » dans celle que j'aimois la vertu ſéduite, & » l'amour outragé. Cette fille fut mon Amante; » je la perdis vertueuſe, je la retrouve cou- » pable; c'eſt à moi de la remettre dans le droit » chemin. C'eſt-à-dire, reprit de Farbanne d'un » ton cruellement ironique, en ſe tournant » vers Julie, éperdue de douleur, c'eſt-à-dire, » que cette belle éplorée ne ſe piquoit pas ja- » dis de grande délicateſſe dans le choix de ſes » Amans. Elle diſpenſoit plus communément » ſes faveurs; & ce faquin, dont je vais punir » l'inſolence, eſt ſans doute un des premiers » heureux qu'a fait Mademoiſelle ». En finiſ- ſant ces paroles ameres, il s'avançoit la canne levée pour me frapper, en me criant de me rendre au cachot.

Malgré mes revers, malgré l'abaiſſement de mon état, je n'avois rien perdu de la fierté de ma naiſſance ; je ne pus tenir à cet excès d'aviliſſement ; tout mon ſang bouillonne, & ſe retire vers mon cœur ; je deviens ſemblable à un ſanglier, qui écume & cherche ſa proie. Je porte la main à mon épée ; je la tire avec fureur, & m'écrie : « apprends, ô le plus lâ- » che de tous les hommes, apprends, homme » bas & indigne de reſpect, que ceux que tu » outrages ſont d'un ſang peut-être plus noble » que toi. Sache que l'habit même que je porte, » & que j'honore, ne m'a point appris à ſouffrir » les injures.

Tranſporté de dépit & de rage, je le force à ſe défendre, & fonds ſur lui avec violence.... Julie accourt....... Déjà le coup fatal étoit porté, & mon Colonel, renverſé par terre, nageoit dans ſon ſang, atteint d'une bleſſure mortelle. Le bruit ſe fait entendre. On vient de toute part, & je ſuis arrêté. Julie ſe précipite ſur moi, veut me ſuivre : on s'oppoſe à ſes efforts : elle eſt arrachée de mes bras. Je marche environné d'une vile populace, dont les yeux cruellement avides, aiment toujours à se rassasier du spectacle de l'humanité souffrante. Un bruit de chaînes retentit à mes oreilles, & je suis confondu parmi des scélérats.

Quel spectacle qu'une prison! Ce cloaque affreux, où la perte de la liberté est le moindre des malheurs; où les hommes sont privés du jour au milieu du jour même; où ils éprouvent d'avance toutes les horreurs du trépas; où l'on ne cesse d'entendre ces plaintes: « Eh » bien, nous sommes coupables: où est le Mi- » nistre des châtimens? Qu'attend-on? qu'on » nous mene à la mort! Pourquoi nous en faire » souffrir mille au lieu d'une?

Je regardois en frémissant ces malheureuses victimes dévouées au supplice, & je ramenois sur moi mes yeux chargés d'un nuage de douleur. Bientôt je fus jetté seul au fond d'un caveau ténébreux, où le jour ne pénétroit que par un long & étroit soupirail, & je fus si accablé de chaînes, que je pouvois à peine me mouvoir. « La voilà donc enfin, me disois-je, » cette mort tant de fois desirée .... La voilà, » je ne puis plus l'échapper ..... Hélas! étoit- » ce ainsi que je devois finir? .... Etoit- » ce sur un échafaud? ......O ma Julie! je » ne t'ai revue, je ne t'ai retrouvée vertueuse que » pour éprouver l'horreur subite de ta priva- » tion. Le bonheur n'étoit pas pour moi ici-

» bas .... Mourons, puiſqu'il le faut .... » mourons, puiſqu'il n'eſt plus pour moi de con» ſolation humaine.

La nuit étoit au milieu de ſon cours; j'entends ouvrir doucement les portes de mon cachot; je vois Julie qui s'avance à la lueur d'un flambeau. Elle marchoit en déſordre, la pâleur de la mort étoit ſur ſon viſage. J'étois étendu ſur la terre, abſorbé dans un recueillement ſombre. Dès qu'elle m'apperçoit, elle ſe précipite ſur mes chaînes, qui ne l'empêchent point de me ſerrer dans ſes bras. Cruels embraſſemens! fatales étreintes! L'amertume & l'horreur ſe mêloient au triſte plaiſir de nous voir unis. Je ſentis ſes levres glacées ſous les miennes, & un friſſon douloureux agita tout ſon corps. Qui pourroit peindre de pareilles ſituations? J'étois affaiſſé; mon ame altérée, gémiſſante, ſembloit ſe détacher de tout ce qu'il y avoit de paſſif en moi; je la ſentois dégagée de mes organes, & voltiger lugubrement dans un eſpace vuide. Je ſuis étonné que l'homme ſurvive à ces ſecouſſes fortes & ſtimulantes que produiſent les grandes paſſions. Nous reſtâmes long-temps plongés dans un morne ſilence qui reſſembloit au calme du ſépulcre. « O ma Julie, lui dis-je » enfin! l'eſpérance eſt morte pour nous; de

» lourds fers sont à la place de ces liens déli» cieux qui devoient m'unir à toi pour ja» mais .... Pourquoi nous est-il refusé de » mourir ensemble ? Le trépas me seroit bien » doux, si tu exhalois avec moi ton der» nier soupir.... Mais tu vivras encore, tu le » dois .... Pour moi ma derniere heure » est venue. Je suis au terme de ma pénible » carriere ». — « Non, mon cher Valmore, tu » ne mourras point; laisse agir mon amour; je » déroberai ta tête au coup du trépas. Cette » nuit même peut-être je t'arracherai de cette » demeure d'effroi ». — « Garde-toi bien de » te mettre en danger pour me rendre un mau» vais service. La mort n'est-elle pas pour moi » un bienfait des Cieux ? Je mourrai satisfait, » puisque tu chéris encore la vertu. Allons, ma » douce amie, ne nous affligeons point ; op» posons la fermeté aux revers. Le sort n'abat » que les ames serviles ; il est esclave de cel» les qui ont la force de le braver. Suivons » courageusement notre destinée l'un & l'au» tre. Fuis ces lieux profanes. Va expier tes » fautes dans quelque asyle inconnu, loin des » pieges du vice, loin des hommes méchans & » trompeurs. Songe quelquefois à ton malheu» reux Amant, le Ciel un jour consommera

» notre union. Si ton pere vit encore, il te ren» dra sa tendresse, quand il saura ton repentir; » tu ne descendras point dans la tombe sans » avoir reçu sa bénédiction paternelle. Pour » moi, j'ai assez vécu; il est temps que je fi» nisse des jours trop funestes ». — « Eh! Pourrai» je vivre désormais sans toi? Pourrai-je vi» vre, quand mon ame est rouverte à tous » les feux de l'amour, & quand le déchirement » du remords se mêlera sans cesse dans mon » cœur au déchirement de ta perte? Par mes » soupirs, par ces pleurs dont j'arrose tes » fers, au nom de notre amour, renonce à » ton cruel dessein ». — « Par ces mêmes » soupirs, au nom de ce même amour, ne » cherche pas à prolonger mes maux: tu » sais combien ils sont affreux »! — « Si » la mort a pour toi des charmes, considere » du moins l'espece de trépas qui t'attend ». — « Le supplice n'a rien de vil pour ce» lui qui ne l'a pas mérité. La justice des » hommes m'importe peu. Dieu me juge, il » voit mon innocence, & cela me suffit ». — » A quoi sert la vertu, si elle récompense si » mal ceux qui l'aiment?........Cruel! tu ne » veux pas rejetter ton odieuse résolution? » Tu veux sans doute que mes yeux voient

» le Miniſtre des châtimens porter ſur toi une » main meurtriere? Tu ne ſeras pas ſatisfait, » ma mort dévancera la tienne : mais....... » Mon bourreau à moi......... ſera la dou» leur.

Voyant l'obſtination de Julie, je conſentis à me ſauver, ſi elle en trouvoit les moyens.

Le Concierge de la priſon étoit un homme compatiſſant; il n'avoit point cette dureté que l'on voit ſouvent dans ſes pareils. Julie s'en étoit apperçue ; il l'avoit laiſſée entrer malgré les ordres ſéveres qu'il avoit reçus de ne me laiſſer voir perſonne. Cette voie lui ſembla favorable. Dès l'inſtant, elle vole chez le Geolier. « O mon ami! lui dit-elle, vous m'avez » paru avoir de l'humanité: voici le moment » d'en faire uſage. Ce malheureux que vous » m'avez permis de voir dans la priſon, mérite » bien qu'on ait pitié de lui; il n'eſt coupa» ble que pour avoir montré trop de vertu; » cependant l'échafaud le menace; le bruit s'en » répand déjà dans toute la Ville. Voilà mon » or, voilà mes bijoux, daignez me ſeconder » dans le deſſein que j'ai pris de le dérober au » trépas. Le Ciel vous tiendra compte un jour » d'une action ſi généreuſe ». — « Gardez votre » or & vos bijoux, reprit cet homme au-deſſus de

» son état; je ne vends point les services que » je rends à mes semblables. Ce Soldat qui est » au cachot m'inspire, tout comme à vous, la » plus grande compassion. Mais que faire ? En » le mettant en fuite, nous allons tous à la » mort; moi sur-tout j'encours toute la ri- » gueur de la Justice, parce qu'étant l'unique » dépositaire des clefs de la prison, il est im- » possible que l'on ne m'accuse pas d'avoir » trempé dans le projet de sa fuite. Je ne vois » qu'un moyen, ajouta-t-il; je ne suis point » né pour mon état; je suis ennuyé d'avoir » toujours sous les yeux le spectacle de l'hu- » manité souffrante. J'ai perdu ma femme; je » n'ai point d'enfans; rien ne m'attache à mon » pays, & je l'abandonnerois volontiers. Le pre- » mier Port de mer n'est pas loin. Si cet hom- » me pour qui vous vous intéressez veut s'em- » barquer, & consentir que je l'accompagne, » je réponds de son salut. O mon ami! lui dit » Julie, que ce procédé est admirable! Oui, » sois-en sûr, il y consentira, & j'aurai le plaisir » de passer avec vous les mers.

Tout fut arrêté pour la nuit prochaine. Julie se défit de tous ses diamans & de tous ces effets vains & superflus, qui n'auroient servi qu'à lui retracer sa honte. Elle se tint cachée pendant le jour, parce qu'on vouloit auſſi la faire arrêter, & elle fit tenir une voiture prête pour l'heure indiquée.

Tout étoit aſſoupi & plongé dans le ſommeil: j'étois le ſeul qui ne goûtois plus ſa fraîcheur bienfaiſante. J'entends encore ouvrir les portes de mon cachot. Je vois venir le Concierge; il s'approche de moi, & me dit que la liberté m'eſt rendue. Je pouſſe un ſoupir, & me laiſſe ôter mes chaînes. Julie paroît, & ſaute à mon cou. « O mon ami! nous pouvons » donc nous embraſſer librement ». Que faites-» vous, nous dit le Geolier d'une voix baſſe » & tremblante? Eſt-ce ici qu'il faut faire » éclater votre joie? Le moindre ſouffle ne » peut-il pas éveiller tous ces malheureux qui » nous environnent, & qui ne jouiſſent que » d'un repos agité. Sortez promptement ». Nous retenons nos tranſports: nous ſortons. Il referme les portes avec ſoin. Nous nous rendons chez lui, où il avoit tout préparé pour le voyage. Il prend le fruit de ſes épargnes, & bientôt nous partons. « Où allons-nous? di-» ſois-je, dans des climats étrangers, chercher » de nouveaux malheurs, & une mort peut-» être mille fois plus affreuſe que celle que » j'évite?

Que de careſſes tendres me fit Julie ! Que de larmes elle verſa dans mon ſein ! Son cœur ne pouvoit ſuffire à la foule des ſentimens qui l'agitoient. Il y avoit deux jours que nous étions en route. Nous ne marchions point par les chemins publics ; nous paſſions la nuit dans des Fermes, dans des Villages écartés. Déjà nous appercevions les tours de la premiere Ville maritime ; déjà la mer réfléchiſſant les rayons du ſoleil levant, brilloit à nos yeux, dans le lointain. Nous élevons nos mains vers le Ciel que nous béniſſons. Le courage, la confiance, la vertu, l'eſpérance du ſecours céleſte, commencerent enfin à renaître en moi. J'étois avec Julie, je la voyois ; j'avois l'eſpoir de devenir ſon époux. Cependant mon cœur s'ouvroit avec peine à tous ces ſentimens délicieux. J'étois ſi naturaliſé avec l'infortune, le bonheur me paroiſſoit ſi chimérique, ſi étranger à mon être, que je n'oſois trop me livrer à celui qui m'étoit offert. Nous n'étions qu'à une lieue de la Ville ; l'eſſieu de notre voiture vient à ſe rompre. Je deſcends, & m'écarte dans la campagne, pour chercher des ſecours. Je ſors d'un bois, & vais pour entrer dans un chemin : deux Brigades de Maréchauſſée me coupent le paſſage. Je reſte interdit. Je veux fuir : mon ſignalement déjà étoit donné. Je ſuis reconnu; l'on m'arrête, l'on m'enchaîne, & je ſuis ramené à Francfort.

C'eſt ainſi que le ſort ſe joue de certains hommes, qui ne ſemblent nés que pour épuiſer l'acharnement du malheur. Quand j'appellois la mort, quand je la regardois comme le plus doux de tous les biens, elle fuyoit loin de moi ; quand je ne la deſirois plus, c'eſt alors qu'elle ſe préſentoit ſous l'aſpect le plus hideux.

Mon procès étoit fait; dans deux jours je devois périr du dernier ſupplice. « Je ne » verrai pas Julie avant de mourir, diſois-je; » Je lutte en vain contre ma fatale deſtinée... » O grand Dieu ! c'eſt vers toi ſeul maintenant » que je dois tourner mes regards; c'eſt à toi » à ſoutenir mon courage. Juſqu'ici j'ai porté » le fardeau de mes douleurs; apprends-moi » à le porter juſqu'à la fin ; tranſmets-moi » une étincelle de ta force ; que je m'élance » hardiment d'une mer orageuſe, & fé» conde en naufrages, ſur un rivage heu» reux, où je trouverai enfin le repos & l'ou» bli de mes horribles ſouffrances ». Tout-à-coup le poids qui m'oppreſſoit diminue ; de nouveaux eſprits naiſſent inſenſiblement dans mon cœur. La Religion consolante s'offre à moi; un feu divin m'échauffe, me pénetre; mon ame ranimée trouve un nouveau ressort; elle s'éleve, elle n'est plus en elle-même; elle est toute entiere dans l'Etre infini qu'elle contemple.

Enfin il arriva ce jour fatal; les portes de mon cachot s'ouvrent avec bruit. On m'annonce qu'on vient me chercher. Presque toute la garnison étoit sous les armes. Je m'avance entre deux haies de Fusiliers. Je marche d'un pas fier & tranquille. Un rayon de joie brilloit dans mes yeux, qui d'intervalle en intervalle s'élevoient courageusement vers le Ciel. Déjà j'étois près de l'échafaud; déjà le glaive mortel brilloit à ma vue. Un murmure se fait entendre; une femme, pâle, échevelée, le sein à demi-nud, se précipite à travers les armes, & fend rapidement la foule. J'entends un cri; je tourne la tête, j'entends le nom de Valmore. Je vois, je sens Julie dans mes bras. Elle me serre avec un frémissement terrible, accompagné de mille sanglots. La nature épuisée ne peut résister à cette crise violente; ses bras fléchissent, elle m'échappe; mes liens m'empêchent de la soutenir: elle tombe agitée de mouvemens convulsifs. Son sein pousse de vifs élans de douleur ; ſes bras ſe ſoulevent encore, s'étendent vers moi, & retombent ſoudain. Un déſeſpoir profond s'empreint ſur ſon viſage, qui ſe défigure & devient agoniſant ; ſes graces, ſa beauté s'effacent ; ſes yeux déjà couverts des ombres du trépas, arrêtent tout-à-coup ſur moi un regard long, douloureux & tendre, qui ſe fait jour à travers quelques pleurs, & ſe ferment pour jamais. Ma vertu ne fut pas à l'épreuve de ce ſpectacle. Je tombe ſur elle, & la couvre de mes chaînes. Tout le monde s'attendrit à cette vue ; un frémiſſement général s'éleve, & le mot de grace retentit de toute part. On me releve ; on me ramene à ma priſon. « Que » voulez-vous de moi, m'écriai-je, barbares » qui m'environnez ? Où me conduit-on ? .... » Par pitié, ne m'enviez pas la douceur de » mourir ..... ». Un voile épais tout-à-coup s'étend ſur ma vue ; une oppreſſion terrible m'ôte la reſpiration. Je ne vois ni n'entends plus rien ; mes genoux ſe dérobent ſous moi, & l'on m'entraîne à demi-mort à mon cachot.

Je reſtai douze heures privé de l'uſage de mes ſens. Cette pauſe longue & pénible de la nature porta une cruelle atteinte à tous les reſſorts de ma frêle machine. J'ouvre enfin ma débile paupiere, & je n'apperçois autour de moi que d'affreuſes ténebres. La nuit déja étoit avancée, & l'on m'avoit abandonné. Je ne ſavois où j'étois; je ne me ſouvenois plus de ce qui m'étoit arrivé; je n'en avois qu'une idée foible & confuſe. Je ne pouvois me mouvoir; je pouſſois de foibles gémiſſemens, que répétoient d'un ton lugubre les voûtes profondes de mon cachot. Ces échos ſourds, habitués à redire mes plaintes, me rappellerent le lieu où j'étois, & bientôt toute mon aventure.... « Je » vis donc encore, dis-je d'une voix affoi» blie..... Je n'étois pas endormi du ſommeil » éternel .... Qu'ils ſont heureux ceux qui ne » ſe réveillent plus »! Tout-à-coup je crois entendre des cris lamentables; je crois voir Julie étendue dans ſon cercueil, & à demi-couverte de la pouſſiere des tombeaux. Je veux me lever pour atteindre l'ombre vaine qui ſe joue de mes ſens. Je n'en ai pas la force. Je me jette de ma couche, & roulant ſur la terre, j'y colle mes levres glacées, & la conjure d'engloutir un mourant. « O murs qui m'environ» nez, diſois-je, c'eſt à vous que j'adreſſe mes » plaintes, car je n'ai que vous à qui je puiſſe » les adreſſer; abymez-vous ſur ma tête proſ» crite, & rendez-moi un ſervice que les hom-

» mes me refusent. On n'a donc prolongé » ce reste de ma vie, prête à s'éteindre, que » pour me rendre le témoin du plus cruel « trépas. O destin, ennemi des hommes! » étoit-ce dans la fleur de mon âge, que je » devois me plaindre d'avoir trop vécu; je n'ai » donc plus de sentiment que pour le désespoir; » je suis plus digne de compassion qu'un Crimi- » nel qu'on détruit par degrés, dans des dou- » leurs lentes & progressives. Julie, tu es morte; » il n'y a que moi qui ne puis cesser d'exister.... » Quel raffinement de barbarie! Les Tigres, » il me laissent vivre parce que je voulois mou- » rir; mais tout est fini, je saurai vaincre ce » destin barbare, je le forcerai à briser mes » fers. O tombeau! Si tu-es la porte du néant, » avec quelle joie je me couvrirai de tes om- » bres paisibles; car après tant de coups mon » ame ne peut plus être heureuse, même au- » delà de la vie. Je ne vois qu'un voile de tris- » tesse & d'horreur étendu pour moi sur l'im- » mense avenir «.

Cependant un Officier, ancien ami de mon pere, s'étoit trouvé près de moi, quand Julie avoit prononcé le nom de Valmore. Il m'avoit vu plusieurs fois dans ma tendre jeunesse, il n'eut pas de peine à me reconnoître. J'avois toujours déguisé soigneusement ma naissance; il vint me voir, & me tira avec peine l'aveu de mon secret & de tous mes malheurs; il m'offrit ses secours généreux, & me donna les plus tendres marques d'affection; mais je ne demandois plus rien aux hommes, & mon cœur en défaillance étoit dégoûté de toute amitié; cependant il fut chez tous les Officiers Généraux, & fit connoître ma famille; on écrivit en Cour, & ma funeste Histoire vint jusqu'aux oreilles du Roi; on a révoqué mon arrêt, j'ai obtenu ma grace, mais l'on m'a condamné à deux ans de prison; j'ai été conduit à ce château de force, où depuis un mois, je végete dans l'horreur de l'anéantissement. La chaleur de la vie ne coule plus dans mes veines; mes yeux, autrefois deux fontaines de larmes, sont devenus secs & ternes. Le doux sommeil qui charme les plus cuisans soucis, ne s'appésantit que rarement sur mes paupieres arides & desséchées. Tout sentiment doux est éteint chez moi; je n'éprouve que des sensations vagues; mon imagination a perdu son activité; ma mémoire est éteinte; le souvenir même de mes infortunes ne se retracera bientôt à mes regards, que comme les touches décolorées d'un dessin effacé; la lumiere du jour pefe lugubrement fur mes yeux; je ne puis la fouffrir; je ne vois plus, je n'envifage plus que la nuit éternelle, & mon ame avide de mourir, guette fans ceffe l'inftant où elle pourra s'y plonger; voilà, ô mortels, qui fûtes mes femblables, voila une efquiffe du tableau dont vous êtes fi curieux. Ne me plaignez point, ménagez vos pleurs & ne m'offrez plus la confolation. Ses accens font à mes oreilles, comme les fons d'une cymbale retentiffante; j'ai ceffé d'appartenir à votre efpece; je ne fuis plus l'enfant des hommes, je fuis devenu l'enfant adoptif du malheur; votre élément n'eft plus le mien; laiffez-moi donc à ma deftinée & à mon néant : recevez les adieux que je fais au genre humain, & ne m'importunez plus d'une vaine & ftérile commifération.

Des raifons m'ont empêché de mettre à cet Ouvrage toute la correction dont je fuis capable. Perfuadé d'ailleurs de l'infuffifance de mes talens, je me foumets d'avance & fans murmure à tous les arrêts des plus féveres Ariftarques de la Littérature. Mais je fuis jeune, je fuis Militaire, je débute : voilà des droits fur lefquels je compte : voilà mes titres à l'indulgence du Public.

FIN.